es 1205

edition suhrkamp

Neue Folge Band 205

Zu Beginn des Sommers 1980 wurde Marguerite Duras von der Pariser Tageszeitung *Libération* gefragt, ob sie, während eines Jahres, eine Tageschronik für diese Zeitung schreiben wolle. Was schließlich zustande kam, war eine wöchentliche Chronik während dreier Monate: der Sommermonate des Jahres 1980. Die so entstandenen zehn »Berichte« bilden den Inhalt des vorliegenden Buches: Marguerite Duras verbringt diesen Sommer in einem kleinen Haus am Atlantik. Die »große Welt« erreicht sie nur durchs Fernsehen, aber das Gesehene und Gehörte treibt sie um, zwingt sie zum Nachdenken, vermischt sich mit ihrem Alltag. Olympische Spiele in Moskau, Afghanistan, Begräbnis des Schahs von Persien in Ägypten, nach dem großen Streik in der Danziger Lenin-Werft. Empathie als Resultat präziser Beobachtung – das ist Marguerite Duras' Reaktion auf die (Um-)Welt, Voraussetzung ihres Schreibens. Hierarchien, Wertstrukturen lösen sich auf. Bruchlos geht ineinander über, was sich auf dem Parkett der Politik und auf dem Strand vor dem Fenster der Schreibenden abspielt. Und am Strand spielt auch die Geschichte zwischen dem sechseinhalbjährigen Jungen aus dem Ferienlager und dem achtzehnjährigen Mädchen, der Betreuerin. Sie gehen stumm über die Dünen, sie liegen im Sand, sie umarmen sich. Mit dieser Arbeit praktiziert Marguerite Duras einen Anti-Zeitungsstil, leistet sie eine »Berichterstattung«, die sich eines Tages vielleicht als weiblich und egalitär entpuppen und durchsetzen wird.
Marguerite Duras, die 1914 in Giadinh/Indien geboren wurde und heute in Frankreich lebt, ist sowohl durch ihre Romane als auch durch ihre Dramen, Hörspiele und Filme in Deutschland bekannt geworden. Als Band 1080 der edition suhrkamp erschien: Marguerite Duras/Michelle Porte, *Die Orte der Marguerite Duras*.

Marguerite Duras
Sommer 1980

Aus dem Französischen
von Ilma Rakusa

Suhrkamp

Titel der Originalausgabe: *L'Été 80*

edition suhrkamp 1205
Neue Folge Band 205

Satz: LibroSatz, Kriftel
Druck: Nomos Verlagsgesellschaft, Baden-Baden
Umschlagentwurf: Willy Fleckhaus
Printed in Germany

1 2 3 4 5 6 – 89 88 87 86 85 84

Für Yann Andréa

Zu Beginn des Sommers 1980 fragte mich Serge July, ob ich es für möglich hielte, eine regelmäßige Chronik für Libération *zu schreiben. Ich zögerte, die Vorstellung einer regelmäßigen Chronik erschreckte mich ein wenig, dann aber sagte ich mir, daß ich es zumindest versuchen könnte. Wir trafen uns. Er erklärte mir, daß er sich eine Chronik wünsche, die nicht von der politischen Aktualität oder irgend etwas Aktuellem handelt, sondern von einer anderen Gegenwart, die parallel dazu verläuft, Ereignissen, die mich interessieren und in der normalen Berichterstattung kaum vorkommen. Was er wollte, war dies: eine tägliche Chronik während eines Jahres, von beliebiger Länge, aber jeden Tag. Ich sagte: während eines ganzen Jahres schaff ich es nicht, aber drei Monate, das geht. Er fragte: warum drei Monate? Ich sagte: drei Monate, einen Sommer lang. Er sagte: einverstanden, drei Monate lang, aber dann jeden Tag. Ich hatte für diesen Sommer nichts vor und hätte fast nachgegeben, doch nun packte mich die Angst, die alte Panik, ich könnte nicht über meine Tage verfügen, vollständig, offen für nichts. Und ich sagte: nein, einmal pro Woche, über das, was ich will. Er war einverstanden. Drei Monate lang war trübes Wetter, bis auf die beiden Wochen Ende Juni und Anfang Juli. Heute, am 17. September, übergebe ich die Texte von* Sommer 1980 *an die Editions de Minuit. Ich wollte an dieser Stelle vor allem von meinem Entschluß berichten, diese Texte in Buchform herauszubringen. Ich habe gezögert, den Schritt zur Buchveröffentlichung zu tun, es fiel mir schwer, dem Reiz zu widerstehen, den der Verlust dieser Texte ausübte, sie nicht dort zu lassen, wo sie erschienen waren, auf Eintagspapier, verstreut in Zeitungen, die zum Wegwerfen bestimmt sind. Doch dann kam ich zu dem Schluß, daß es den Charakter von* Sommer 1980 *auf eine zweifelhafte, allzu augenfällige Art betont hätte, wenn ich die Texte in diesem Zustand der Unauffindbarkeit belassen hätte, schließlich geht es dabei um ein Sich-Verirren im Realen. Ich sagte mir, es reiche ja, daß meine Filme zerschlissen, verstreut, vertraglich nicht abgesichert, verloren sind, es sei nicht nötig, die Nachlässigkeit noch weiterzutreiben.*

Ich brauchte einen ganzen Tag, um ins aktuelle Geschehen einzutauchen, es war der schwierigste Tag, und mehrmals war ich drauf und dran aufzugeben. Ich benötigte einen zweiten Tag, um zu vergessen, um aus dem Dunkel und der Verworrenheit der Fakten herauszukommen und wieder frische Luft zu atmen. Und einen dritten Tag, um auszulöschen, was geschrieben worden war, um selber zu schreiben.

I

So schreibe ich denn für Libération. Ich habe kein Sujet. Aber vielleicht braucht es das gar nicht. Ich glaube, ich werde über den Regen schreiben. Es regnet. Seit dem fünfzehnten Juni regnet es. Man müßte in der Zeitung darüber schreiben, wie man durch die Straßen geht. Man geht, schreibt man, man durchquert die Stadt, dann ist sie durchquert, hört auf, und man geht weiter; genauso durchquert man die Zeit, ein Datum, einen Tag, und hat man ihn durchquert, hört er auf. Es regnet auf das Meer. Auf die Wälder, auf den leeren Strand. Es gibt keine Sonnenschirme, auch keine geschlossenen. Bloß die Bewegung des Regens über den Hektaren von Sand, über den Ferienkolonien. In diesem Jahr sind die Kinder sehr klein, will mir scheinen. Von Zeit zu Zeit lassen die Betreuer sie auf den Strand, um nicht wahnsinnig zu werden. Sie kommen schreiend, durchqueren den Regen, rennen am Meer entlang, kreischen vor Freude und bewerfen sich mit feuchtem Sand. Nach einer Stunde ist mit ihnen nichts mehr anzufangen, also bringt man sie heim und läßt sie Die Lorbeerbäume sind geschnitten singen. Nur ein

Kind schweigt und schaut zu. Spielst du nicht mit den andern? Nein. Nun gut. Es beobachtet, wie die andern singen. Man fragt es: singst du nicht mit? Nein. Es schweigt. Dann fängt es zu weinen an. Man fragt es: warum weinst du? Es sagt, man würde es ohnehin nicht verstehen, wenn es darüber reden würde, also habe es keinen Sinn, daß es darüber rede. Es regnet auf die Schwarzen Felsen, die lehmigen Flanken der Schwarzen Felsen, auf diesen Lehm, aus dem überall Süßwasserquellen sprudeln und der sanft zum Meer abfällt, abgleitet. Ja, über zehn Kilometer erstrecken sich diese Lehmhügel, von der Hand Gottes erschaffen; man könnte damit eine Stadt für hunderttausend Einwohner bauen, doch nein, das soll jetzt nicht sein. Es regnet auch auf den schwarzen Granit und das Meer, und niemand sieht es. Außer dem Kind. Und außer mir, die ich dem Kind zusehe. Der Sommer ist nicht gekommen. Statt des Sommers kam dieses Wetter, das sich nicht einordnen läßt, von dem man nicht weiß, wie es ist. Zwischen den Menschen und der Natur erhebt sich eine undurchsichtige Wand aus Wasser und Nebel. Was eigentlich bedeutet diese Idee, der Sommer? Wo ist er, während er auf sich warten läßt? Was war er, während er da war? Aus welchen Farben, Temperaturen, Illusionen, Trugbildern war er gemacht? Das Meer ist vom bedeckten Himmel kaum zu unterscheiden, es ist verschüttet. Man sieht weder Le Havre noch die lange Prozession der Tanker vor dem Hafen von Antifer. Heute tobt das Meer regelrecht, nachdem gestern Sturm war. In der Ferne ist es von weißen Schaumkronen übersät. In der Nähe ist es völlig weiß, im Übermaß weiß, endlos verteilt es ganze Armvoll Weiße, und seine Umarmungen werden immer größer, als wollte es Sand und Licht wie eine geheimnisvolle Nahrung einsammeln und in sein Reich bringen. Hinter dieser Wand liegt die Stadt, bevölkert, eingeschlossen in Mietwohnungen und grauen Pensionen an englisch anmutenden Straßen. Bewegung bringen nur die Kinder mit ihren verblüffenden Klettertouren, unter endlosem Gekreisch stürmen sie den Hügel hinunter. Seit dem ersten Juli zählt die Stadt nicht mehr achttausend, sondern hunderttausend Einwohner, aber man sieht sie nicht, die Straßen sind leer. Man munkelt, es gebe Leute, die entmutigt wieder abgefahren seien. Die Geschäftsleute zittern; seit dem ersten Juli haben sich die Preise nur verdoppelt, im August werden sie sich verdreifachen, was aber, wenn uns die Kundschaft verläßt? Die Strände gehören wieder dem Meer, den spielerischen Böen, den Salzspritzern, dem Schwindel des Raums, der blinden Kraft des

Meers. Es gibt Vorzeichen eines neuen Glücks, einer neuen Freude, schon kursieren sie mitten in jenem Mißgeschick, über das unsere Gouverneure Tag für Tag betrübt berichten. In den Straßen sieht man Menschen, die gehen allein durch den Wind, sie tragen Anoraks, ihre Augen lachen, sie mustern sich. Durch den Sturm drang die Nachricht, daß den Franzosen neue Anstrengungen abverlangt würden angesichts des bevorstehenden schwierigen Jahrs, der schlechten Gehälter, der mageren traurigen Tage bei wachsender Arbeitslosigkeit; man weiß nicht, um welche Anstrengungen es sich handelt, um welches Jahr und weshalb dieses plötzlich so anders sein soll, man kann den Mann nicht mehr hören, der das Neue ankündigt und uns versichert, er stehe uns bei im Kampf gegen die Unbill, man kann ihn nicht mehr sehen noch hören. Alles Lügner, samt und sonders. Es regnet auf die Bäume, auf die blühenden Liguster ringsum, bis hin nach Southampton, Glasgow, Edinburgh, Dublin gilt: Regen und kalter Wind. Man wünschte sich, alles wäre unendlich wie das Meer und das Weinen des Kinds. Die Möwen blicken zum Horizont, ihr Gefieder ist glatt vom schneidenden Wind. Sie verharren im Sand, denn flögen sie gegen den Wind, würde er ihnen die Flügel brechen. Eins mit dem Sturm, lauern sie auf die Verwirrung des

Regens. Und da ist noch immer dieses einsame Kind, das nicht spielt und nicht singt, sondern weint. Man sagt zu ihm: schläfst du vielleicht? Nein, sagt es, das Meer sei so hoch und der Wind noch stärker geworden, es höre ihn durch die Zeltwand. Dann sagt es nichts mehr. Ob es hier unglücklich sei? Es gibt keine Antwort, es macht ein vages Zeichen, das leichten Schmerz ausdrücken könnte oder Unwissenheit, für die es um Verzeihung bäte, vielleicht lacht es auch. Und plötzlich versteht man. Befragt es nicht mehr. Zieht sich zurück. Läßt es in Ruhe. Man sieht klar. Sieht, daß der Glanz des Meers auch in ihm ist, in seinen Augen, in den Augen des Kinds.

2

Nebel bedeckt den ganzen Himmel, dichter, undurchdringlicher Nebel, so groß wie Europa, und bewegt sich nicht. Es ist der 13. Juli. Die französischen Sportler werden doch an den Olympischen Spielen in Moskau teilnehmen. Bis zur letzten Minute hoffte man, daß einige von ihnen nicht fahren würden, vergeblich, nun steht es fest. Eine geraume Weile drängte sich heute morgen die Sonne zwischen den Sturm und den Wind. Zwei Stunden lang. Dann ging der Himmel wieder zu. Man hat Maury-Laribière gefunden. Selbst wenn man mich zum Mord anstiftete, selbst wenn man mir Maury-Laribière zeigte, wie er in den Armen seiner Arbeiter weint – ich würde ihn am Leben lassen. Ich könnte niemanden umbringen, auch nicht Schleyer, auch nicht jene, die töten, nie und nimmer. Ich erkenne, daß das politische Verbrechen stets faschistisch ist, daß die Linke, wenn sie mordet, in einen Dialog mit dem Faschismus eintritt und mit niemandem sonst, daß das Töten von Leben ein faschistisches Spiel ist wie Taubenschießen und daß es ein Spiel zwischen den Mördern ist. Ich sehe, daß das Verbrechen, welches auch immer es sei, aus der fundamentalen Dummheit der Welt resultiert – jener der Gewalt, der Waffe – und daß die Mehrheit der Völker diese Dummheit fürchtet und verehrt, als wär's die höchste Macht. Das ist das Beschämende. Das Kind schweigt und betrachtet alles um sich herum, das hohe Meer, die leeren Strände. Seine Augen sind grau wie der Sturm, der Stein, das Meer, grau wie die der Materie und dem Leben immanente Intelligenz. Das Grau, die graue Farbe seiner Augen, ist wie ein äußeres Kolorit der sagenhaften Ausstrahlung seines Blicks. Das Kind darf das Zelt verlassen, denn fliehen wird es nicht. Man fragt es: woran denkst du die ganze Zeit? Es sagt: an nichts. Die andern Kinder singen im Innern des Zeltes noch immer Die Lorbeerbäume sind geschnitten. In der Stadt verstaut man das Gepäck von neuem in den Kofferräumen der Autos, die Wut der Familienväter richtet sich gegen das Gepäck, gegen die Frauen, Kinder, Katzen und Hunde, in allen Gesellschaftsschichten schreien die Familienoberhäupter, wenn es ums Verladen des Gepäcks geht, manchmal fallen sie vor lauter Schreien um und bekommen Herzanfälle, während die Frauen, ein angstvolles Lächeln um den Mund, sich dafür entschuldigen, daß es sie gibt, daß sie die Kinder verbrochen haben, den Regen, den Wind, diesen

Unglückssommer. Gestern hat es den ganzen Tag geregnet. Die Menschen sind in den Wind und Regen hinausgegangen, endlich haben sie sich dazu entschlossen. Sie zogen sich über, was sie nur auftreiben konnten, Regenmäntel, Decken, Einkaufstaschen, Segeltuch, und so sah man Horden von Wanderern mit gesenktem Kopf gegen Wind und Regen ziehen, in erstaunlich einträchtiger Gangart und Aussehen. Wir haben alle dieselbe Elendsvisage, tropfen wie die Mauern, Bäume, Cafés, wir sind weder häßlich noch schön, weder alt noch jung, wir sind die dreihunderttausend Bewohner des Komplexes Trouville-Deauville, in den Sommer des Regens verbannt. Zu neunzig Prozent Familien. Das Problem ist, wo man sich hinstellen, was man mit seinem Auto und der eigenen Körpermasse anfangen soll. Ideal bleibt das Café, man trinkt einen Espresso für drei Francs und verbringt zwei Stunden an einem geschützten Ort, das ist billiger als die Parkgebühr. Deshalb haben die Leiter des Limonadekonzerns das Café abgeschafft. An den Kaffeefiltriermaschinen hängen überall dieselben Anschlagzettel: Maschine defekt. Es werden nur noch alkoholische Getränke angeboten. Kommt man mittags, heißt es: wünschen Sie einen Himbeerschnaps? Einen Birnenlikör? Dreihunderttausend Menschen, das ist mehr, als Lille oder Brest Einwohner zählen. Was erhofft man sich? Schwer zu sagen. Das herrschende Wetter ist nicht einfach mehr oder weniger schlecht, es ist in seiner Rätselhaftigkeit noch gar nicht identifiziert, noch gar nicht bezeichnet, aber vielleicht auf dem Weg, es zu werden, das ist immerhin denkbar. Sehen Sie sich etwas abzeichnen? Was ich flüchtig erkenne, ist die Tatsache, daß diese Vokabel, wäre sie gefunden, keinerlei allgemeine Bedeutung hätte, denn sie wäre aufgebracht vom Wetter und sich selbst, ganz allein. Familien picknicken in Unterständen der Firma Decaux, in Lastwagengaragen, in den bombardierten Bootshallen des alten Hafens von Honfleur, zwischen Rost und Brennesseln, in Butandepots, in Badekabinen, auf Bauplätzen. Was ist aus den trägen, gemächlichen Sommerabenden geworden, die bis zum letzten Lichtschein, bis zum Liebestaumel mit seinen Seufzern und Tränen hinausgezogen wurden? Beschriebene Abende, einbalsamiert im Wort, fortan Lektüren ohne Ende und Grund. Albertine, Andrée waren ihre Namen. Sie tanzten vor ihm, der bereits das Siegel des Tods trug und sie dennoch ansah, der, während er – vom Schmerz zerrissen und zerstört – vor ihnen saß, bereits das Buch über ihre Vergangenheit schrieb, über ihre Begegnung, über ihre feuchten Augen, die nichts mehr sahen, über ihre geöffneten Lippen, die nichts mehr sagten, über ihre leidenschaftlich erhitzten Körper, das Buch über die Liebe an jenem Abend in Cabourg. Brutal ist jetzt der Einbruch der Nacht. Bleiben die toten Kasinos, bleibt der Ballsäle monumentale Leere. Das Geldausgeben. Die Spielsalons sind überfüllt, hinter schweren Vorhängen der Flügel von Keith Jarrett, der Glanz der Lüster. Es lodert der Öl-Dollar. Durch den Lärm des Golds hört man weder das Meer noch den Regen. Die Kenntnis des Arabischen ist obligatorisch. Nicht die legalen Frauen, sondern die großen Mätressen aus Paris bedienen die Peitsche, Priesterinnen schamloser Todesspiele. Zwei Millionen pro Weekend ist der Preis Kuwaits. Noch ein Tag über all dies. Der Tag des 14. Juli 1980. Das Meer ist weniger weiß, die Wogen sind kürzer und schroffer. Da ist auch die Horizontlinie und die lange Kolonne der Tanker vor Antifer. Am grauen Himmel schwebt ein Drachen, der aus China stammen könnte, er hat ein breites rotes dreieckiges Schlangenhaupt und einen sehr langen, breiten Körper aus blauem Baumwollstoff. Wie jeden Tag werden die Insassen der Ferienkolonien über die Strände ausgeschüttet und erfüllen diese mit Farbe und Geschrei. Heute sehen sie dem Drachen zu und dem Mann, der ihn an einer Rolle hält. Auch das einsame Kind ist dort und betrachtet den Drachen, es steht ein wenig abseits, wohl unabsichtlich, denn immer bleibt es, wenn die andern den ersten Schritt zum Gegenstand ihrer Neugier tun, zurück, vielleicht aber ist es auch umgekehrt, vielleicht ist sein Interesse so total, daß es davon gelähmt und am Gehen gehindert wird. Das Kind weiß nicht, daß jemand am Strand ihm zusieht. Es hat sich umgedreht und zurückgeschaut, der Wind wird wohl seine Richtung geändert haben. Und in der Tat, der Drachen strebt mit unvermittelter Kraft hierhin und dorthin, stürmt drauflos, sinkt ab, schnüffelt in der Luft, zieht, sucht, sucht etwas. Das Kind nähert sich dem Drachen und bleibt stehen. Zum ersten Mal sehe ich seinen Körper so nah neben mir. Es ist mager, groß. Bestimmt sechs Jahre alt. Herzklopfen. Angst. Der Drachen versucht ein Hindernis zu überwinden, den Mann, der ihn zurückhält, er versucht, sich ihm zu entreißen. In den Augen des Kindes liegt Qual. Und plötzlich gibt der Mann nach, schreit, läßt die Rolle los. Der Drachen rast wie wahnsinnig Richtung Meer, gerät in die Fallen des Winds und stürzt ab. Einige Sekunden lang sind die Kinder vor Schreck wie gebannt, dann kommen sie zu sich und bringen alles zum Bersten – den Strand, die Zeit, den Raum, die Welt. Von einer unbezwingbaren Lust erfaßt, haben einige die Kleider abgelegt und sind ins Wasser gewatet, die andern folgten ihnen in den Kleidern. Die Betreuer schreien: antreten. Keine Reaktion. Die Betreuer verteilen Schläge nach allen Seiten, doch die Kinder sind schnell, schneller als die Betreuer, schneller als das Licht. Die Betreuer stürzen ins Meer. Nachher haben alle gelacht, die Kinder, die Betreuer, das einsame Kind, ich, die ich ihm zusah. Nachher waren die Kinder viel erträglicher, spielten »Kriminalfilm«, spielten Schupos und Gangster, die sich aufschlitzen und mit Kugeln durchlöchern und sich Todesdrohungen ins Gesicht schleudern ohne Vorwand und Erklärung. Eine Stunde lang schien die Sonne, milde Wärme hüllte die Stadt ein, der Wind war plötzlich verschwunden und die Kinder durften baden gehen. Das einsame Kind trägt einen weißen Badeanzug. Wie mager es ist. Deutlich sieht man seinen Körper – er ist zu groß, er ist wie aus Glas –, man sieht bereits, wie er sich entwickeln wird, erkennt die Vollendung der Proportionen, der Gelenke, der Muskeln, die wunderbare Zartheit der Glieder, die Falten am Hals, an den Füßen und Händen, und schließlich den Kopf, offenbar wie eine mathematische Lösung, wie ein Leuchtturm oder die Blüte einer Blume. Wieder kam der Wind, und der Himmel wurde von neuem schwarz. Dem Fackelzug wohnte man unter Regenschirmen bei, und das Feuerwerk war herzzerreißend, viel trauriger und schöner als in den Büchern. Und die kleinen Kinder sangen In Holzschuhen zieh ich durch Lothringen. Und am Festival von Savonlinna – fünfzigtausend Einwohner, sechzigster nördlicher Breitengrad – ist inmitten einer Wüste von Seen und Granit Mozarts Zauberflöte für alle Ewigkeit verklungen. Wir stiegen die Schiffsbrücke hinunter, es war Mitternacht, die Sonne verschwand in einer riesigen blauen Dämmerung, durchsichtig wie das erste Erdzeitalter. In Paris regnete es während des Umzugs auf die französische Armee, auf die neuen Panzerwagen mit Flakgeschütz, Sintfluten gingen nieder, auch auf den Präsidenten der Republik. Es regnete Glückwunschtelegramme von Breschnew an die deutsche und die französische Führung, die endlich begriffen habe, daß den europäischen Staaten die allergrößte Gefahr von einer Einmischung Amerikas in die Belange des Ostblocks drohe. Im Augenblick schreitet Breschnew durch ein seltsames Spalier von mystischen, vielblumigen Glückwünschen. Afghanistan ist dabei, von der Weltkarte zu verschwinden. Wir sind in Moskau, mit dem fröhlichen Marchais. 19. Juli. Am Fernsehen die Eröffnung der Olympischen

Spiele. Breschnew ist anwesend, leblos, mit geschlossenen Augen; man hat ihn auf die Füße gestellt, und aus seinem Wachsmund löste sich, kaum vernehmbar, eine Ansprache. Auch die hunderttausend offiziellen sowjetischen Abgeordneten waren da, und manchmal konnte man die Diskrepanz zwischen dem Beifall, dem Startsignal und der auswendig gelernten Lektion bemerken. Und man hatte Angst, war versteinert vor Angst beim Anblick dessen, was man sah, beim Anblick dieses Volkes, das dem Namenlosen ausgeliefert ist, im Bewußtsein des Mißgeschicks des Menschen und der Menschheitsgeschichte, der unvergleichlichen Schwäche des Menschen, der schamlosen Behandlung, die er sich selber zuteil werden läßt. Es war der 20. Juli. In der Nacht fiel der Regen acht Stunden ohne Unterbrechung, zuerst kindlich, fein, fast zaghaft, dann solide, hartnäckig, alt. Aus diesem Regen trat ermattet die Sonne heraus. Und am Abend desselben Tages ereignete sich das mächtige Fest eines weißen Sturms – er kam brüsk in die Helligkeit. Das Meer verwandelte sich in eine unabsehbare Arena des Regens. Unter dem Wetterdach eines verlassenen Hauses stand das Kind. Es schaute hinaus, aufs Meer. Es spielte mit den Kieseln, die es am Strand aufgelesen hatte. Es trug ein rotes Gewand. Seine Augen waren heller als gewöhnlich, schrecklicher auch wegen der blinden Wucht dessen, was sich seinem Blick darbot.

3

Der Sturm brach plötzlich herein, der Wind kam wie aus einem sagenhaften Gebläse, er ließ nicht nach während sieben Stunden, er trug das Zelt einer Reitbahn fort sowie Wohnwagen, Mietboote und ein Kind, doch beschädigte er keinen einzigen Tanker in Antifer. Widerstreitende Kräfte herrschten zwischen den Winden, den Strömungen, den Göttern, der Regen hörte auf, der Himmel riß auf, die Sonne kam zum Vorschein. Da steht sie, seit Milliarden von Jahren, am nackten Himmel. Und unter ihr tummeln sich die Menschen. Zu Tausenden sind sie aus ihren Häusern gekrochen und bedecken den Strand mit ihren ausgestreckten Leibern. Man hörte sie sagen: ah, endlich etwas Sonne, ich brauche die Sonne, die Sonne ist das Leben. Dann verstummten sie. Und Langeweile befiel den Strand, die Langeweile des stabilen schönen Wetters in diesen Breitengraden, wenn jede Bewegung am Himmel fehlt, der sonst unbeständig und ein Durchgangsort für Regen ist. Das schweigende Kind befindet sich mit seinem Lager in einer präzis festgelegten Zone. Die Hektare von Sand wurden den Erwachsenen übergeben. Es stimmt, die Kinder stören, man kann weder schlafen, lesen noch reden, wenn Kinder in der Nähe sind, die Kinder sind fast ebenso schlimm wie das Leben. Es war einmal ein kleiner Junge, sagte die Betreuerin, der hieß David, er war blond und artig und hatte auf einem großen Schiff namens Admiral System eine Weltreise angetreten, da begann das Meer plötzlich zu toben und tobte immer mehr. Im Iran hat das Regime des Todes definitiv die Macht ergriffen. Die stärkste Partei ist erkennbar an ihrem Todespotential, an ihrem mehr oder minder großen Vermögen, mit diesem umzugehen. Man hat Taschendiebe umgebracht, man tötet Drogenhändler. Man tötet auch Homosexuelle. Weil im Iran, wie in der Sowjetunion, das faktische Eingeständnis der Homosexualität mit Blick auf die Schande für Volk und Regierung einer wichtigen politischen Tat gleichkommt, die exemplarisch ist für die Realisierung aller andern menschlichen Freiheiten, von der geistigen Einstellung bis zur Bestimmung des eigenen Verhaltens. Es liegt in der Logik des Faschismus, Homos und Frauen zu bestrafen. Das Meer ist von einem milchigen Blau, kein Wind trägt die Erzählung der jungen Betreuerin herüber, doch hören ihr mittlerweile auch andere aufmerksam gewordene Kinder zu, die Segelschiffe schlafen, Nebel verwischt die Horizontlinie, verwischt die Prozession meiner Dinosaurier von vierhundertzwölf Meter Länge und siebzig Meter Breite – meiner sanften, langen Tankerhaie, zerbrechlich und blind wie gläserne Blindschleichen und gefährlich wie Feuersbrünste, Vulkane und Teufel. Sie sind in den Händen von Glücksjägern, die nichts von der Gewalt des Meeres wissen. Noch kennen wir diese Gewalt schlecht, wir fangen erst an, sie kennenzulernen. Bislang wurden die Formen und Proportionen der Schiffe daraufhin berechnet, daß der Mensch diese Gewalt aufhalte, sie nicht die Oberhand gewinnen lasse. Doch heute findet das Meer Beute nach seinem Maß. So sehr tobte das Meer, fährt die Betreuerin fort, daß die Admiral System sank, daß darin alles zugrunde ging, Menschen und Güter, außer ihm, diesem kleinen David, und stellt euch nun vor, da schwimmt ein Haifisch vorbei und sieht, wie der Kleine weinend gegen die Wellen ankämpft, und ihr könnt euch schon denken, was an diesem Tag im Kopf des Haies vorging, er sagte zu David: los, kleiner Junge, steig auf meinen Rücken, ich bring dich auf eine einsame Insel, und weg waren sie, und der Hai erzählte David, daß er den Ort gut kenne, weil er in den Häfen von Long Island und Nantucket die Heringszüge überwache, und daß er viele Schiffbrüche gesehen habe, ach wie viele schon. Von Antifer kenne ich nur den Namen, er ist endungslos und seltsam, als wäre er unentwegt auf der Suche nach einer Bedeutung, ohne je eine zu finden, er ist unvergeßlich. Da ist das Kind, es spricht kein Wort. Ob es sich die Geschichte von David anhört? Der Hai gleitet rasch über die Meeresoberfläche, sagt die Betreuerin, er schleudert schneeweiße Wassergarben empor und erzählt schreiend, wie er unter den Hafenanlagen haust, um die Fischer zu belauschen und das Gehörte den Heringen zu hinterbringen. Die Betreuerin erzählt sehr langsam und sehr gut, sie will, daß die Kinder ruhig bleiben, und die Kinder sind völlig ruhig. Rateketabum heißt der Haifisch. Rakebumbum, wiederholen die Kinder. Ob das schweigende Kind die Geschichte anhört? Man kann nicht wissen, wie es sie aufnimmt, fast macht es den Eindruck, als höre es zum ersten Mal eine Geschichte. Regungslos betrachtet es die Betreuerin, doch aus seinen grauen Augen spricht nichts. Vielleicht ist es unberührt, das könnte schon sein. Vielleicht bringt die Geschichte in ihm nichts zum Schwingen, oder es fehlt ihm die Muße, die Zeit, ja die Zeit, aus sich selber herauszugehen, auch das könnte sein. Noch erlebt es sich selber durch das, was es betrachtet und sieht, durch das Ansichreißen und Vereinnahmen dessen, was es betrachtet und sieht, durch diese zwei untrennbaren Bewegungen von gleicher Stärke. Sowie durch sein Nichtwissen. Das Wetter hat sich so beruhigt, daß Schwalbenzüge über dem Strand kreisen, um die Insekten zu verscheuchen, sie glauben, sie befinden sich über einem riesigen Teich, bemerken dann ihren Irrtum und ziehen sich zurück in die Hügel. Der Hai schilt den weinenden David, es sei nicht nett von ihm, ihn daran zu erinnern, daß er die Passagiere der Admiral System verschlungen habe, darunter auch den Vater und die Mutter von David, und David entschuldigt sich und unterdrückt seine Tränen, während im Meer eine Insel auftaucht, eine Äquatorialinsel, die sieht aus wie ein Palmenhain, und jetzt könnt ihr alle baden gehen, sagt die Betreuerin, die Fortsetzung folgt in der nächsten Nummer. Protestschreie, dann stürzen sich alle ins zahme, warme Meer. Und es kam der 25. Juli, nicht mit Vorwarnung wie bei den Wirbelstürmen, urplötzlich war die hundstägliche Hitze da. Die Sonne stand am Himmel, unerschütterlich wie das Gesetz, es war dreißig Grad im Schatten. Die Leute munkelten, man müsse auf alles gefaßt sein bei dieser scheinbar so freundlichen Küste, denn selbst von den Heringen werde sie gemieden, diese gehen zum Laichen hinüber nach Irland und machen um die Küste hier einen Bogen wie in der Kreidezeit, als es noch keinen Durchgang gab. Und die Menschen verließen den Strand und legten sich in den Schatten der Bäume, der Sonnenschirme, der Mauern jener verödeten Grand-Hotels, hinter denen man einst den Abend abwartete, um auszugehen, vor fünfzig Jahren. Wenn dann der Stachel der ärgsten Hitze gebrochen war, strömten die Menschen zurück, und der Strand bedeckte sich von neuem mit den Leibern all derer, die ihren Urlaub um jeden Preis so verbringen wollten, wie es den Vorstellungen der Gesellschaft entspricht. Und was an diesem Strand herumlag, wies einen niedrigeren Intelligenzquotienten auf, als ihn die Chaldäer, Wikinger, Juden, Schiiten oder Mandschus bei der Anbetung ihrer Götter oder ihrer Toten vor zehntausend Jahren hatten. Davon bin ich überzeugt, das ist meine feste Meinung. Desgleichen, daß an diesem Ende des Strandes alle reich, weil mit der zur Zeit gängigen Intelligenz ausgestattet sind, der einzigen, die ihren Besitzer zu ernähren vermag, der Intelligenz der positiven Dummheit – vertrauenswürdig, einfallslos, doch von unwiderstehlicher Logik –, einer Intelligenz, die durch ihre zunehmende Begrenztheit all das ausschließt, was ihrer eigenen Kausalität nicht entspricht. So also präsentieren sich diese Menschen, die Vorgesetzte sind und Vorgesetzte haben und die ihre Briefe mit der Formel beschließen: ich verbleibe, sehr geehrter Herr Vorgesetzter, mit verkümmerter Hochachtung. Sie sind die Milliardäre des Orts. Sind nur sie selbst, nichts als sie selbst, so sehr, daß sie sich nicht einmal mehr vorstellen können, daß ihre Taten und Erfindungen vergeblich waren – die sich selbst das Ziel suchenden Köpfe der Raketen, die internationalen Kreditkarten, die Kaffeemühlen. Die große Offenheit des Menschen gegenüber seinen Schöpfungen ist verlorengegangen. Ja. So brauchten die Jurymitglieder in Moskau gestern abend viel Zeit, um einzusehen, daß die russische und die deutsche junge Kunstturnerin zwar perfekt waren, daß dies jedoch nicht ausreichte und daß es nicht anging, die kleine Rumänin Nadia Comaneci zu bestrafen, nur weil ihre unaussprechliche Grazie sich sportlichen Kriterien im Sinne der geltenden Normen entzog. Und Nächte und Tage waren warm, und die kleinen Kinder aus den Ferienkolonien machten ihren Mittagsschlaf unter blauen und weißen Zelten. Und auch das schweigende Kind hatte die Augen geschlossen, und nichts unterschied es von den andern Kindern, und Ernst sprach aus seinem Gesicht und jene Aufmerksamkeit, die man im Schlaf geheimen Gedanken entgegenzubringen scheint. Die junge Betreuerin trat zu ihm. Das Kind öffnete die Augen. Hast du geschlafen? Das Kind denkt nach, lächelt, als ob es sich entschuldigen wollte, und schweigt. Weißt du denn nicht, ob du geschlafen hast? Wieder denkt es nach, lächelt erneut wie aus Angst, es könnte jemandem wehtun, und sagt, es wisse es nicht so genau. Wie alt bist du? Sechseinhalb. Die Betreuerin betrachtet es prüfend und lächelt ihm ihrerseits zu: Kindern muß man eben Geschichten erzählen, verstehst du? Es nickt. Die Betreuerin sieht es wieder an, ihre Lippen zittern. Darf ich dir einen Kuß geben? Es lächelt, ja, sie dürfe schon. Sie schließt es in die Arme und küßt es fest aufs Haar, aus ganzer Kraft atmet sie den Geruch seines Körpers. Dann seufzt sie, löst ihre Arme vom Kind, wartet, daß die Ergriffenheit nachläßt, und auch das Kind wartet, daß die Ergriffenheit weicht. Endlich hat sie ihre Arme und Lippen von seinem Körper entfernt. Sie hat Tränen in den Augen, und das Kind sieht es und fängt zu reden an, doch nicht von diesem Kummer redet es, es sagt, es sei ihm leid um die Tage, als Sturm war, hoher Wellengang, Regen.

4

Der Sommer ist da, ohne Zweifel. Es ist heiß. Fast täglich gibt es Gewitter, die vorbeiziehen und sich über dem Ärmelkanal entladen, doch nach den Gewittern ist die Sonne stechend. Sie vermag die Schwermut des Strandes nicht zu verscheuchen. Niemand und nichts vermag es. Der Sommer kam zu spät. Anwar al Sadat veranstaltete für den Kaiser von Persien ein so pompöses Begräbnis, wie es diesem zugestanden hätte, wäre er in seinem vollen Glanz gewesen, herrschend und rein. Und dies deshalb, weil derselbe Kaiser während des Krieges von 1973 dem ägyptischen Volk beigestanden hatte. Sadat sagte damals: ich werde es nicht vergessen. Er hat nicht vergessen. Sadat führte den Leichenzug des Schahs von Persien an, allein auf der Weltenbühne. Neben ihm ging der »Gauner« Nixon. Gern tausche ich die Watergate-Affäre – ein Wahlbetrug mehr oder weniger – gegen diese Geste, nach Kairo zu gehen, ein. Nixon war da, weil es sich gehörte, daß Amerika, nachdem es in guten Zeiten nach Persepolis gegangen war, in diesen düsteren Zeiten auch nach Kairo ging. Es stand fest, daß man nach Kairo mußte, wie seinerzeit nach Persepolis, als man bereits von den Verbrechen des Kaisers wußte. Ein solcher Mangel an Loyalität ist für Carter viel kompromittierender als die Entlarvung der Taten seines Bruders, kompromittierender auch, als die Geschenke Bokassas und die Börsenmanöver für Giscard d'Estaing sind. De Gaulle wäre nach Kairo gegangen. Es dürfte selten vorkommen, daß jemand eins ist mit seiner Funktion, daß jemand es wagt, derselbe Mensch zu sein im öffentlichen und im privaten Leben. Sadat ist wohl der einzige Staatsmann der Welt, der den Mut dazu hat. Ja, die Hitze ist da, in der Nacht, am Tag, nachts weniger drückend. Paare flanieren beim Schein der Straßenlaternen über den Plankenweg, der Strand ist sehr hell, unter den Straßenlaternen fast weiß, die Helligkeit der Nacht ist fast ebenso intensiv wie dort, wo ich geboren bin, und Richtung Le Havre sind die leeren Kais noch immer die Zollwege der Grenzposten von Siam. Die ganze Stadt hat sich der Hitze geöffnet. Kein Windhauch, nicht einmal am Meer. Es herrscht Ebbe, das Wasser ist weit, in der Ferne errät man die glanzlosen Sandflächen, und kaum hörbar das Keuchen der Wellen, das sich in der Stille verliert, der Atem des Meers. Ich schaue. Und während ich schaue, trägt mir der Strand die schmerzliche Erfahrung eines einst gelesenen Buchs zu. Sie kapselt sich ab, noch ist sie eine schmerzhafte Wunde, fast unerträglich. Immer diese gerade Linie der Tanker auf der Achse von Antifer. Zwischen den Tankern und uns liegt die Bucht der Seine mit ihren vielen Fischerbooten, man hört das Geräusch der Motoren, des bewegten Wassers, das Lachen und Rufen der Fischer am Ganges. Die Paare kommen und gehen, sie blicken alle hinaus aufs Meer, auf jene belebte Zone der Bucht. Manchmal verlassen sie den Plankenweg, ziehen über die Sandflächen, die die Ebbe freigelegt hat, dann verliert man sie aus den Augen, und nur der Plankenweg bleibt sichtbar im hellen Licht. Und wieder das Buch, diese durch die Lektüre des Buchs verursachte Brandwunde, ich sehe die Seiten und sehe gleichzeitig das beschriebene Zimmer, den kühlen Frühling, die zum Park geöffneten Fenster, eine Allee, die sanften blauen Abendschatten, die ins Zimmer dringen, ich sehe, wie die beiden sich endlos anblicken, ohne die Augen voneinander abwenden zu können, ohne eine einzige Geste, wo sie sich doch nie berührt hatten, ohne ein einziges Wort, wo sie sich doch nie ihre Liebe eingestanden hatten, ich sehe, wie sie sich seit dem Tod des Vaters, seit Monaten schon, in diesem Haus in Wien einschließen, ich sehe, daß sie Bruder und Schwester sind, daß ihr Gang, ihr Körper, ihre Augen sich genau gleichen, daß sie achtgeben in der Stadt, daß man all dies nicht merkt, und ich sehe auch, daß nichts, aber gar nichts, geschehen wird, um dieser Liebe ein Ende zu setzen. Das Buch ist unvollendet geblieben. Der Schluß nie geschrieben, nie aufgefunden worden. Er hätte auch nie aufgefunden werden können. Denn der tödliche Schluß des Buches hat nie existiert, es gibt ihn nicht. Die Qual hat kein Ende. Das Ende ist auf jeder Buchseite. Der Autor tot. Plötzlich ist das Buch da, in erschreckender Einsamkeit, verewigt in seinem brutalen Stillstand. Dann schließt es sich. Auf dem Plankenweg geht die junge Betreuerin, langsam und düster und wirkt so dünn, als ob sie ein Schatten wäre. In ihrer Begleitung das Kind. Das Kind ist an ihrer Seite, sie bewegen sich ohne Hast, die Betreuerin spricht zu ihm, sagt, daß sie es liebt, daß sie ein Kind liebt. Sie sagt, es möge ihre Worte als eine Geschichte verstehen, die nichts mit ihm zu tun hat, oder sie verstehen, wie es wolle, sie nennt ihr Alter, achtzehn, und ihren Namen. Das Kind wiederholt den Namen. Es ist dünn, mager, beide haben sie denselben Körperbau, denselben etwas müden, langsamen Gang. Unter der Straßenlaterne blieb sie stehen, nahm das Gesicht des Kindes in ihre Hände und hob es zum Licht, um seine Augen zu sehen, wie sie sagte, seine unermeßlich grauen Augen. Dann läßt sie sein Gesicht los, spricht zu ihm, sagt, es werde sich sein Leben lang an diesen Abend erinnern, an sie. Und fügt hinzu, wenn es achtzehn sei und sich des Datums und der Stunde erinnere, dieses 30. Juli, Mitternacht, könne es kommen, sie werde da sein. Dann heißt sie das Kind, sich alles genau einzuprägen, diesen Abend, die Sterne, das Meer, die Stadt dort drüben, die vielen Fischerboote, die Geräusche, hörst du, das ist dein Sommer mit sechs. Und sie gehen zum Meer, verschwinden auf den Sandflächen, bis Entsetzen sich breit macht. Kehren über die Tennisplätze zurück. Sie trägt das Kind auf den Schultern. Sie singt. Das Kind ist, über den Körper der jungen Frau gebeugt, eingeschlafen. Sie verlassen den Plankenweg und verschwinden in den Hügeln. Nun ist tiefe Nacht. Und der Tag bemächtigt sich sehr früh des Schlafs. Es ist hell, klar, nachts hat es geregnet. Die Olympischen Spiele gehen wie eine blutige Maskerade zu Ende, die große Schlußparade, Interville – Broadway, minus Majoretten – stellt einen unerschöpflichen Reichtum an menschlichem Fleisch zur Schau. Die lebendigen Bilder des Abschlusses der Olympischen Spiele erinnern an die Menschenmengen Hitlers und Mussolinis bei den Olympischen Spielen in Berlin

1936, die Menschenmasse ist bereits diejenige der Kriegsbilanzen, der Gulags. In einigen Jahren wird man erkennen, daß man im August 1980 die Münchner Ereignisse des Septembers 1938 durchlebt hat. Die Moskauer Spiele haben die Abtretung Afghanistans an die Sowjets besiegelt, so wie das Treffen von München die Tschechen zwang, das Sudetenland an Hitler auszuliefern. Desgleichen besiegelte es – die Ähnlichkeit ist entschieden grausam – den Anschluß vom März 1938 und die Ermordung Schuschniggs. Und diese Bürgschaft der Olympischen Spiele, die Vereinnahmung des Fernsehens durch die Olympischen Spiele, hat es auch der Sowjetunion, welche viel Aufsehen um ihren Truppen- und Panzerabzug aus der DDR machte, erlaubt, weit zahlreichere und modernere Panzer – insgesamt tausend Tanks neuester Bauweise – nicht nur in der DDR, sondern auch in Polen und in der Tschechoslowakei zu stationieren. Unweigerlich kommt einem der Gedanke, daß es sich hier von seiten Europas gleichsam um eine Zustimmung zur verbrecherischen Lösung der Geschichte handelt, um einen Modus, Schluß zu machen. Die Regierungsbeamten wären für die Sowjets bestimmt kein Hindernis, falls diese morgen in Paris stünden, im Gegenteil, bilden sie doch, in feste Ordnungen eingefügt, eine gute

Basis von Angestellten und Funktionären, eine Wirtschaft von Funktionären. Von Dienern. Erinnern Sie sich an Nazideutschland. Für unsere Statthalter und deren besten Helfershelfer, den Parti Communiste Français, ist das Ende der Welt – die Atombombe. Für uns ist es nicht die Atombombe. Für uns ist es die erfolgreiche und endgültige Herrschaft der Sowjetunion über den europäischen Kontinent. Für jene andern ist das weit weniger schlimm als der Tod. Nicht aber für uns. Sollte man ihnen nicht zu verstehen geben, daß wir anderer Meinung sind? Hier, sagt die Betreuerin, ist die Äquatorialinsel. Rateketabum wirft David auf einen Strand. Da bist du nun auf der Insel der Quelle, sagt er. Ich danke ihnen, sagt David. Ach, sagt der Hai, schon wieder plagt mich der Hunger, und blickt David begierig an, ach wie schwer, ihn so frisch und wohlgenährt zu sehen. Er sagt, er wäre selbst fähig, ja, was er sagen wolle, sein Dasein sei fürchterlich, schlicht ein Elend, er verspeise täglich eine Nahrungsmenge groß wie sein eigenes Körpervolumen, er habe zuwenig Lebenskraft, um sich am Leben zu erhalten, er verschlinge sogar seine eigenen Freunde, ohne es zu bemerken und so fort, und redet, ohne daß David ihn beruhigen kann, da sagt sich David, der Hai ist dabei, in eine tiefe Depression zu fallen, es ist besser, wenn er ganz hineinfällt, und entfernt sich und fängt auf einer kleinen Harmonika, die er in seiner Tasche gefunden hat, zu spielen an, doch als der Hai dies hört, beginnt er noch heftiger zu weinen, weil das Lied von einer sehr hübschen und zärtlichen Dame handelt, deren Verlobter – welch ein Pech – davon ist aufs Meer, beginnt mit sehr hoher, schriller Stimme zu sprechen, ungewöhnlich schnell und in einem Kauderwelsch aus Grunzlauten und leerem Blabla, aus unglaublichen Ausrufen und Zähneklappern, und weint, und David heißt ihn sich zu beruhigen, er könne von seinem Gerede nichts verstehen, da beruhigt sich der Hai und bittet um Verzeihung, daß er sich dem Trübsinn hingegeben habe, doch sei es das letzte Mal, und fügt hinzu, übrigens sei, was er gesagt habe, im wesentlichen alles, was er zu sagen habe, und sagt darüber hinaus kein Wort, Punkt und Schluß, und verschweigt ganz und gar, was er gesagt hat, sagt nur noch, er habe verstanden – man weiß nicht was – und werde nach Guatemala gehen, warmes Meerwasser im Winter sei gut gegen chronische Bronchitis, und damit hatte es sich. David fragt den Hai, ob sein Geist nicht etwas verwirrt sei, und der Hai bejaht, ein klein bißchen schon, er danke fürs Interesse, aber es sei nicht schlimm, und so nehmen sie Abschied und wünschen sich eine gute Reise, einen guten Aufenthalt. Dann klettert David auf die Spitze einer Kokospalme und hängt seine rote Badehose an einen Ast, damit die Schiffe wissen: hier gibt es ein Kind. Danach legt er sich hin und sinnt darüber nach, daß er jetzt, als kleines Kind, verloren mitten im Ozean ist, und daß ein neues Leben begonnen hat, und in dieser neuen Verlorenheit schläft er ein, wacht auf, blickt um sich, schläft wieder ein, wacht wieder auf, und lange geht das so, hin und her. Die junge Betreuerin erzählt ausführlich von Davids großer Verlorenheit auf der Insel, dann läßt sie die Kinder aus den Augen und schweift ein wenig von der Geschichte ab, sie sagt, David habe graue Augen und rede kein Wort und seine Haare hätten den Geruch der Luft, wenn diese über das Meer fegt. Sie sagt, David werde wachsen und diese Tatsache erfülle sie mit dem Verlangen zu sterben. Das schweigende Kind sitzt neben ihr. Sie schauen sich nicht an. Die Kinder sind so ruhig und so zufrieden mit der jungen Betreuerin, daß sie ihr aufmerksam zuhören, selbst wenn sie von Davids Verlorenheit erzählt. Nun, David schläft also, wacht auf, schläft wieder ein, wacht wieder auf, bis eines Abends oder eines Tags, bis am Abend eines bestimmten Tags ihm folgendes zustößt. An diesem Abend hat der Himmel auf der einen Seite die Farbe von Gewitter und Gold, auf der andern Seite die Farbe von Davids Augen, und das Meer ist nachtblau, verdickt mit tiefem Schwarz, versteht ihr, könnt ihr euch's vorstellen? Ja, sie können sich den Abend gut vorstellen, den sie beschreibt. Doch die junge Betreuerin legt sich in den Sand und sagt, sie wolle jetzt schlafen. Da kreischen die Kinder, schlagen und beschimpfen sie, sie aber lacht. Entweder du erzählst oder wir bringen dich um. Doch sie lacht nur und schläft lachend ein, während die Kinder baden gehen im Meer.

5

Das Meer ist hoch, unbeweglich, seine Oberfläche glatt und makellos wie ein Stück Seide unter dem schweren grauen Himmel. Seit einigen Tagen verziehen sich die Gewitter und fliehen auf die hohe See. Nicht hier wird es heute regnen, sondern über dem offenen Meer. Zehn Uhr vormittags. Es wird schön werden. Man weiß es bereits, wegen der leichten Brise, die vom Festland herüberweht, wegen dieser schattenlosen Helle, die sich in unregelmäßigen Flecken über das Meer ausbreitet, wegen dieses Lichts, das den Sand für Augenblicke gelb färbt und die Stadt. In der Ferne die schwarze Kette von Schiffen. Diesen Morgen liegt da auch ein großer weißer Frachter. Schon wieder ist der Hunger über Afrika hereingebrochen, diesmal über Uganda. Das Fernsehen hat Bilder von Uganda gezeigt. Das Fernsehen gibt die Bilder des Hungers stets wahrheitsgetreu wieder. Kameramänner machen sich auf und photographieren ihn, sie sehen ihn ringsum in Aktion. Ich denke, es ist besser zu sehen als etwas erzählt zu bekommen. Wir sehen uns Uganda an, sehen uns selbst in Uganda, sehen uns hungern. Gewiß, eine Betroffenen haben sich auf der Reise des Hungers bereits sehr weit entfernt, doch wir erkennen sie noch, haben Erfahrung auf diesem Gebiet, wir haben Vietnam gesehen und die nationalsozialistischen Lager, ich habe diese Greuel in meinem Zimmer in Paris verfolgt während siebzehn Tagen der Agonie. In Uganda diesmal ist man den andern voraus auf der letzten Reise der Erde zu ihrer endgültigen Unfruchtbarkeit, zum Verlust ihrer Lebenshaut. Man weiß, daß dieser Prozeß mit der Verknappung des Wassers, mit dem Aussterben der Pflanzen und Tiere beginnen wird sowie enden mit der süßen und zärtlichen Hoffnungslosigkeit der übriggebliebenen Menschheit, einer Hoffnungslosigkeit, die ich Glück nennen will. Schon gleichen sie sich. Da ist ein Körper, so schmal wie ein Brett oder eine Hand. Die Tränen sind versiegt. Die Angst verschwunden. Lachen. Verzweiflung des Denkens. Wir betrachten ihn mit Leidenschaft. Das sind wir, diese letzte Erscheinung des Menschen, sein letzter Zustand. Sie sind nur mehr Bewußtsein und Ohr in bezug auf das, was in ihnen vorgeht, als wären sie in der Kindheit, in der Kindheit des Todes, stimmenlos. Und wie das Kind, das da schaut, sterben sie. Die meisten können sich noch fortbewegen, sehr langsam zwar, doch immerhin gelingt es ihnen, sich bis zu den Verteilungsstellen von Vitaminbrei, bis zu den Brunnen zu schleppen. Wer es fertigbringt, lagert sich im Schatten. Die Temperatur beläuft sich auf jene schicksalhaften vierzig Grad der Hungerzonen. Familienzugehörigkeit ist nicht mehr feststellbar. Die Frauen halten zwar noch ihre Säuglinge im Arm, doch die Kinder, die gehen können, sind selbständig. Sie gleichen sich, wie die KZ-Häftlinge, sie sind von einer erstaunlichen Ähnlichkeit. Im Hautsack dasselbe Skelett, dieselben Hände, dasselbe Gesicht, bloß noch dieser letzte Rückstand in seiner äußersten Abstraktion, das Leben. Es gibt keine Kinder mehr, keine Greise, kein Alter, überall derselbe, seines Gegenstandes beraubte Blick, der unterschiedslos auf der Kamera oder auf dem Boden ruht. Das sind die Menschen aus Ton, die Menschen der ersten Wüsten, die Menschen der letzten Wüsten. Die Schlinge schließt sich. Das sind – noch ungeschieden, ohne Eigenheiten, eng zusammengedrängt – die Menschen der Lothringischen Erdwälle, der dürren Jahre von Lascaux, vielleicht auch diejenigen des Golan und der Gestade von Tiberias, Menschen, die gemeinsam den fruchtbaren Regen erwarten, die Rückkehr der Hirschrudel, das himmlische Manna. Sie sind nackt. Ihr einziges Gut ist der Eßnapf – eine Konservenbüchse oder das Stück eines Be-

Falters, der [illegible] den flüssigen Brand das Wasser [illegible] Weise, [illegible] sichts von [illegible]. Auch nach den Berichten aus den Konzentrationslagern, die ich kannte, [illegible] etwas [illegible] dagegen. Ich muß diesem nicht bewußt oder unfähig, es auszudrücken. Ich sehe [illegible] Menschen, die, wenn sie schreckliche Dinge [illegible] erfahren oder sehen, auch schon in der Lage sind zu denken, ja so [illegible], was sie zu denken, was sie zu sagen, welche [illegible] gezogen haben. Man muß sich vor solchen Menschen hüten, denn sie wollen [illegible] das Wissen [illegible] werden [illegible] das Wissen [illegible] halten, [illegible] dem sie schon zu seinem Anfang [illegible] schreiten, man nun Menschen fliehen, die von Abhilfe und von [illegible] reden wie vom [illegible] von [illegible], die, während [illegible] eine [illegible] über Nachrichten, die [illegible], über [illegible] [illegible]. Die Nacht bricht [illegible] Wetter verschlechtert. An diesem [illegible] der Himmel [illegible] die Sonne [illegible] noch hinter den Hügeln. Auf dem Platz [illegible] das [illegible]. Der Sand ist [illegible] Sandalen [illegible] und [illegible]. Ich [illegible] Gehen [illegible] es mit einer [illegible], die es [illegible] wirft und auffängt. Ich schaue ihm nach, bis es auf der Höhe der Strandbar verschwindet. Dann schließe ich die Augen, um die Unendlichkeit seines grauen Blicks in mir wiederzufinden. Ich finde ihn. Es ist ein Blick, der sich über das Betrachtete hinwegsetzt und jedesmal sich verliert. Schon hört man die Kinder der Ferienkolonie den Hügel hinabstürmen. Sie singen immer dasselbe Lied, man versteht kein Wort. Die junge Betreuerin bleibt auf dem Plankenweg stehen und betrachtet das zurückkehrende Kind. Sie gesellt sich zu ihm. Es reicht ihr die Ansichtskarte, die es am Kiosk gekauft hat, und sie steckt sie in ihre Badetasche. Sie wechseln kein Wort. Die ganze Ferienkolonie badet. Im Meer kann ich das Kind ebensowenig von den übrigen Kindern unterscheiden wie im Schlaf. Ich erkenne es erst, als sie sich zu ihm gesellt. Sie nimmt es auf ihre Schultern, und sie gehen ins Meer hinaus, als wollten sie zusammen sterben, irgendwo weit draußen. Zurück läßt sie das Kind neben sich schwimmen, langsam. Da sind sie. Sie steigen aus dem Wasser. Das Kind hat den Körper eines weißen Uganders. Sie trocknet ihm den Körper. Dann verläßt sie es. Kehrt ins Meer zurück. Es schaut ihr nach. Die Sonne ist hinter den Hügeln hervorgekommen und überflutet den Strand, das Meer, das Kind. Die Betreuerin entfernt sich immer weiter, bei Ebbe muß man weit hinausgehen, bis man das tiefe Meer erreicht. Nun hat sie es erreicht. Sie gleitet in das Wasser, dreht sich um, schickt einen Kuß in die Richtung des Kindes und schwimmt, den Kopf ins Meer eintauchend, hinaus. Es schaut ihr noch immer nach, regungslos. Man sieht sie gut auf der glatten Oberfläche. Das Meer um sie herum ist vom Wind vergessen, verlassen von der eigenen Kraft, es besitzt die Anmut einer tief Schlafenden. Das Kind hat sich hingelegt. Und wieder eine leichte Bewölkung des Himmels, vorüberziehende Wolkenfelder. Man gewöhnt sich an diesen unbeständigen Himmel, an diese Windbrisen, die Regen und Löß befördern bis zu den Küsten von China. Um das Kind wirbelt die Welt, dieser Tag, der in seinen Augen ruht. Die junge Frau ist zurück, sie hat sich neben dem Kind ausgestreckt. Beide schweigen mit geschlossenen Augen, liegen. Am andern Ende der Welt setzt dasselbe Meer, aufgewühlt durch Windgeschwindigkeiten von zweihundertfünfzig Stundenkilometern, alle vier Sekunden die Kräfte der Bombe von Hiroshima frei. In jener Gegend nennt man das den Wirbelsturm Allen. Keine menschliche Erfindung wird seine Kräfte nach Belieben vermindern oder ihn gar zur Vernunft bringen können. Anscheinend will man das gar nicht anstreben, ob werden wir belohnt, denn diese Kraft ist wichtig für das Leben der Ozeane und der Erde, für Regen und Luftströmung und die Bildung der Gewässer, da sie die Regulierung von Energien, Jahreszeiten und Klima sichert. Menschlicher als Allem, und diesem gegenüber ist der Körper der jungen Frau und des Kinds. Bologna, ja. Über Bologna gibt es, glaube ich, nichts zu sagen. Ob ein Attentat von Linken oder Rechten verübt wurde, ist mir völlig gleichgültig. Ein Freund schreibt, daß die »linken Extremisten« anonyme Menschengruppen angreifen, die Faschisten jedoch immer wieder davon träumen, nichts weniger als das Volk selber zu bestrafen, vor allem wenn es faschistisch eingestellt ist. Das ist möglich. Läßt mich aber gleichgültig. Ich sehe, daß beide dieselben Menschen sind, die diese Verbrechen verüben, daß sie alle zu Beginn dieselbe unstillbare Lust verspüren zu töten. Daß sie erst nach der Befriedigung dieser Leidenschaft die politische Unterscheidung machen, und zwar um Aufsehen zu erregen, und sich Kürzel zulegen, Firmennamen ähnlich den Geschäftsleuten, die sie in alten Comics gefunden haben. Natürlich müßte die Polizei in ihren eigenen Reihen nach den wahren Gründen forschen und einen Blick auf diese scheinbar unverdächtigen Polizeikreise oder den Kassenwarten, wo den Banden das Geld für die

Wohnungsmiete, für Luxusautos, Waffen, Bestechungen und den Champagner nach der Mostra von Bologna ausgehändigt wird. Doch wird die Polizei solches bekanntlich nie und nimmer tun. Daher braucht man nicht auf die Staatsmänner zu hören, braucht nicht die Zeitungen zu lesen, wenn sie die Mechanismen des Terrorismus in ihrer ganzen Vielfalt zu erklären versuchen. Das ist verlorene Liebesmüh. Im Iran tötet man bis zum Überdruß. Der Iran verdrießt die ganze Welt. Bleibt das Kind. An diesem Abend, sagt die junge Betreuerin, hört David auf der Insel ein Geräusch. Es stammt nicht von einem knackenden Baum oder einem stürzenden Stein, es ist ein lebendiger Laut. Hier auf der Insel. David macht sich auf die Suche, David kennt den Laut, doch hat er das Wort dafür vergessen, und die junge Betreuerin sagt, auch sie habe es vergessen, und blickt zum Kind, das zuckt leicht mit den Augenlidern und spricht es aus. Es sagt: weinen. Ja. Das war das Wort. Jemand weint auf der Insel, ohne etwas zu fordern, ohne zu schreien, ohne Zorn, vielleicht nicht einmal wissend, daß er weint, vielleicht im Schlaf, so wie man atmet. David hält nach dem Weinenden Ausschau. Er dreht sich um. Da sieht er etwas Wunderbares: zwischen den Bäumen, auf der Flanke des Hügels lagert im goldenen

Licht die versammelte Schar der Inseltiere. Das ist ein riesiger [illegible] weißer und schwarzer Farbkleckse, durchlöchert von vielen diamantenen Augen, die David anstarren. Die Tiere haben denselben sanften und erschrockenen Blick wie David, den ihr verloren, schreit David, ich bin ein Kind, ihr braucht euch nicht [illegible]. Da verschwindet die Furcht aus ihren Augen. Was wollt ihr hier? fragt David. Die Quelle, antworten die Tiere. Jeden Abend bei Sonnenuntergang [illegible] sie. Die Quelle [illegible] aus Gletschern, sie hat viele Meere durchquert, zweiundzwanzig Länder am Grunde der Ozeane, bis sie hierhergekommen ist; sie ist sehr [illegible] Millionen Jahre alt und [illegible] nach dem Tod. Dann herrscht Schweigen. Man würde glauben, daß sie zittern, sagt David [illegible] zu sagen, die Tiere [illegible] denn [illegible] Zeit [illegible] sagen die Tiere [illegible]. Und wieder herrscht Schweigen. Dann [illegible] Sie ist [illegible] die Quelle fragt, wer auf der Insel [illegible] Zeit [illegible] gehe jemand [illegible] ein Tier, das sie nicht kennt. Da [illegible] antworten die Tiere: ein Menschenkind [illegible]. Die Quelle [illegible] David [illegible] dieses Kind? [illegible] seine Hände [illegible] antworten [illegible] sich alle um das Kind und betrachten seine Hände. David zeigt ihnen, wie er seine Hände benutzt, er nimmt einen Stein, wirft ihn in die Luft, fängt ihn wieder auf, dann spielt er Harmonika. Und die Tiere schildern der Quelle, was sie gesehen haben. Kann das Kind auch töten? fragt die Quelle. David verneint. Es vergeht eine geraume Weile, und während die Sonne im Meer versinkt und große Stille sich ausbreitet, hört man ein starkes Wasserrauschen. Das Wasser kommt aus der Atlantischen Zisterne, sagen die Tiere, da sieh nur. Die Quelle sprudelt aus dem Hügel. Eine Riesin ist sie, ein Wasserberg und gläsern wie eine Masse von Smaragden. Sie hat keine Arme, kein Gesicht. Blind ist sie. Und sie bewegt sich sehr sehr langsam, um nicht das viele Wasser zu verlieren, das sie mit sich trägt, das an ihrem Körper haftet. Sie weint. Sie sucht die Hände von David. Die Tiere scharen sich um sie und schützen sie vor David. Ein letzter Schein von Abendrot fällt auf ihre toten Augen. Dann ist es dunkel. David, David. Sie sucht David, um sterben zu können. Vom Wasserberg strahlt Licht, das den Hügel erhellt. Sie weint. Sie ruft nach dem Tod. David, David. Sie bewegt sich wie eine träge Woge, die aus dem Meer hervorgekommen ist. David. David. David holt seine kleine Harmonika hervor und spielt eine uralte

Tanzweise aus Guatemala. Die Quelle bleibt zuerst verblüfft stehen und setzt sich dann ganz sachte, mit unendlicher Langsamkeit in Bewegung. Und plötzlich tanzt sie, und ist schon dabei, den Tod zu vergessen. Sie tanzte bis zum Morgengrauen, sagt die junge Frau, und als es Tag wurde und das Licht in ihre toten Augen drang, führten die Inseltiere sie zu ihrem Lager, in die dunkle Grotte der Atlantischen Zisterne. Die junge Betreuerin schweigt. Die Kinder entfernen sich. Sie weint. Das Kind legt sich neben sie und schweigt.

6

Zuerst schien es, als wäre in diesen Tagen nichts Neues passiert, als gäbe es nur das Vergehen der Zeit, Mord, Hunger, den Iran, Afghanistan, dann aber tauchte aus dem gleichförmigen Ablauf der Tage allmählich ein neues Ereignis auf, dessen Schauplatz uns ebenso undenkbar fern liegt, weitab in Polen: der große Streik der Werftarbeiter von Danzig. Man kennt ihre Zahl. Sie hat sich von siebzehntausend auf dreißigtausend erhöht, und man weiß, daß das Ganze vor sieben Wochen begann. Mehr ist nicht bekannt. Hier, in meiner nächsten Nähe, zu beiden Seiten der Touques, dürfte sich die Bevölkerung an diesem 15. August auf eine Million belaufen. Bei den Tennisplätzen und Badekabinen hat sie vermutlich die Dichte von Kalkutta. Noch immer dieses fabelhafte Wetter, dieses glatte, zartblaue Meer mit einigen dunkleren Stellen. Ein Gewitter trübt die hellen Farben und Linien, doch zieht es rasch vorüber, und von neuem erscheint das Blau und die jahrtausendalte Glätte des Meeres. Einst hatten die Menschen Angst, wenn das Meer so unter dem leeren Himmel schlief. Denn damals war die Unendlichkeit der Welt zum Greifen nah, sie war in den Tieren, Wäldern, in der ihrerseits unendlichen Erde, im Meer. Noch hatte nichts von alldem festumrissene Formen, noch schien es sonnenklar, daß es solche nie haben würde, doch schon ahnten die Menschen, daß die Welt alt war. Und der Schlaf des Meers ein Zeichen dafür. Wie ihr Traum. Immer schon müssen die Menschen die Gegenwart als offensichtlichen Hinweis auf das Ende der Zeiten erlebt haben. Die Tragik ist da, wo wir sind, niemand vor uns hat die Angst gekannt. Schon immer hat die Unerkennbarkeit der Zukunft unsern zerbrechlichen, schmerzenden Kopf verwirrt, diesen erschütternden Fehlschlag göttlichen Rangs. Es ist die Unerkennbarkeit des Morgen, die den Menschen in die Arme der Götter getrieben hat und die ihn heute mit Person und Vermögen zur Verehrung der Staatsinstanz treibt. Hätte er keine Angst, würde der Mensch selbständig und ohne fremde Hilfe der Unergründlichkeit seines Lebens entgegentreten. Aber hat er dies auch nur ein einziges Mal, einen einzigen Tag, fertiggebracht? Nein. Sämtliche Zivilisationen haben sich das Privileg angemaßt, über diese fundamentale Unerkennbarkeit Bescheid zu wissen. Und alle haben sie dieses Wissen mißbraucht. Der Staat ist die Institution solchen Mißbrauchs. Unser Bild von der Geschichte entspricht dem unserer Kindheit, unserer Eltern: sie hat nur den einen Zweck, unser Erscheinen zu ermöglichen. Und solange wir am Leben sind, ist ihre Dauer stets illusorisch, Sinn gewinnt sie nur durch unsere Existenz, durch die Verbindung zu uns, zu unserm Körper, zur absoluten Finalität, die wir in unsern eigenen Augen verkörpern. Einzig das Judentum dürfte die Geschichte gelebt haben als Zeit ohne Werden, ohne Einteilung, als Zeit, die auf der Stelle tritt und keinerlei Illusionen hegt in bezug auf Fortschritt, Ewigkeit und Sinn. In meiner Nähe der überfüllte Strand, die Sonnenrevolution am Himmelsrund. Und das Kind. Danzig läßt mich, wie das Kind, erbeben. Das Kind ist eben vorbeigegangen. Ihm folgte die Ferienkolonie. Die junge Frau war nicht unter den Betreuerinnen. Sie kam später, sie trug das Frühstücksbrot. Die Kolonie verlor sich im Tumult des Strands. Der Morgen rückt vor, das Licht wird leuchtend und hart wie ein Kiesel. Auf der Achse von Antifer erwarten einundzwanzig Schiffe die sieben Meter Wasser der Flut. Die Stadt ist seit gestern abend unzugänglich. Man kann nicht hinein. Sie ist voll kreisender Autos, die einen Parkplatz in der Nähe des Strandes suchen. Es gibt keine Parkplätze mehr. Man muß eine halbe Stunde anstehen, um eine Scheibe Schinken zu kaufen. Alle Geschäfte sind offen. Es gibt keine

Öffnungszeiten mehr, die Restaurants servieren den ganzen Tag über Essen. Der 15. August ist hier auch das Fest des aufgehobenen Sonntags, der durch das Alltags-Fest ersetzt worden ist. Die Autos kreisen mit vierzig Stundenkilometern, vollgepfercht mit Kindern, die Schlafsäcke sind auf dem Dach, die Körbe mit den Eßwaren unter die Kinder gemischt, schließlich läßt man das Auto stehen, wo man gerade ist, und eilt zum Strand. Die Polizei brüllt die Nummern jener Autos in den Lautsprecher, die die Ausfallstraßen nach Paris, Caen und Honfleur blockieren. Ich gehe nicht aus, ich lese nicht, ich schaue nur zu, wie der Tag vergeht, ich schlafe, unfähig zu arbeiten. Ich weiß, daß in Danzig die Telefonverbindungen unterbrochen sind, daß man nicht hinreisen kann, daß die Polnische Fluggesellschaft denen, die Karten kaufen wollen, antwortet, die Flüge seien ausgebucht. Die Kinder der Ferienkolonie sind in der prallen Sonne zurückgekehrt, ohne Gesang. Heute sind sie artig, irgendwie eingeschüchtert, als hätte man sie vom Strand vertrieben. Ihre glücklichsten Tage waren die düsteren, unermeßlichen Regentage. Nachdem die Kolonie verschwunden ist, kommt die junge Frau mit dem Kind, in großem Abstand und wie immer sehr langsam. Die junge Frau hat die Hand um den Hals des Kindes gelegt und spricht zu ihm. Während des Gehens blickt das Kind zu ihr auf, hört aufmerksam zu, lächelt manchmal. Die junge Frau erzählt von den Besuchen des Haies Rateketabum bei David, einmal kommt er mit einem amerikanischen Akzent, ein andermal mit einem spanischen Akzent, dann wieder mit einem Wischiwaschi-Akzent, etwas zwischen Niesen, Schnauben und Brüllen, und man muß ihn ertragen, da man doch alles erträgt, alles erträgt, er lacht ohne ersichtlichen Grund, er erzählt irgendwas und irgendwie, der Reihe nach oder kreuz und quer, er hat für nichts ein Gespür, einmal sagt er, er habe ein kleines Mädchen gesehen, das habe geweint, weil es seinen Ballon im Meer verloren hat, und schon weint er selbst, ein andermal erzählt er von einem Krieg und lacht, dann wieder hat er gar nichts gesehen und krümmt sich vor Lachen, oder er erscheint in einer Sportmütze, die er in einem Abflußkanal in New York gefunden hat, als er unterwegs war zu einem Rockkonzert wer weiß wo. Da fragt ihn David zum Schluß, ob alle Haie seien wie er, so originell wie er, Rateketabum, doch dieser versteht nicht, was das Wort originell bedeutet und beginnt zu schreien: er verstehe nicht, warum David nicht verstehe, daß ein Hai nicht jedes Wort verstehen könne, und er stößt immer lautere, immer schnellere Schreie aus: dabei glaubte ich, Ihnen doch gesagt zu haben, mein Herr, daß ich bloß ein armer Hai bin, ich ersuche Sie, einfacher mit mir zu reden, im übrigen aber sei es aus zwischen ihnen etc. Da geht David fort. Alsbald beruhigt sich Rateketabum und bittet David zurückzukehren. Das also wären die Besuche des Hais. Kommt hinzu: die Lust jedesmal, David zu fressen, sowie Tränen und, etc. Nun ja. Und die Zeit vergeht, sagt die junge Frau, und David wächst heran. Das Kind wartet, denn die junge Frau hat zu erzählen aufgehört, und fragt schließlich, ob die Quelle jeden Abend tanze. Ja, sagt die junge Frau, jeden Abend bis zum Einbruch der Nacht, und nicht immer eine Polka aus Guatemala, manchmal auch einen argentinischen Tango von Carlos d'Alessio. Das Kind nimmt einen neuen Anlauf, das Reden, das Sich-Einmischen fällt ihm so schwer, und fragt, wie lange David auf der Insel geblieben sei. Zwei Jahre, sagt die junge Frau. Sie wartet. Das Kind fragt nichts mehr. Da fragt sie ihrerseits, ob das Kind das Ende der Geschichte wissen wolle. Das Kind winkt ab, nein, das will es nicht. Sie schweigen lange. Sie gehen wie Fremde durch die Stadt, allein. Die junge Frau stellt dem Kind noch eine Frage, sie fragt, was ihm lieber gewesen wäre: daß David die Quelle tötet oder daß er sie am Leben läßt. Das

Kind bleibt stehen und sieht sie an, da bleibt auch sie stehen. Diese Frage hatte es sich nie gestellt, nun stellt es sie. Die Antwort läßt auf sich warten, es zögert, seine Augen suchen diejenigen der jungen Frau, dann sagt es: daß er die Quelle tötet. Seine Augen ruhen auf ihren Augen, als warte es, daß sie etwas sagt, doch nein, sie wendet ihren Blick von ihm ab. Sie schweigen wieder geraume Zeit. Dann fragt das Kind zum letzten Mal: und du? Sie sagt, sie wisse es nicht. Es schmiegt sich an sie, und wortlos gehen sie bis zur Treppe der Schwarzen Felsen. Verschwinden hinter den Hügeln. Draußen, hinter dem Fenster, herrscht mittlerweile düstere Nacht. Der Fernsehapparat läuft. Mit Ekel hab ich mir die Nachrichten angeschaut, habe den Apparat aber nicht ausgeschaltet. Ich höre die keuchende und verwirrte Stimme der Journalisten von Spiel ohne Grenzen, als ob sie fürchteten, sie könnten die Leute nicht genug zum Lachen bringen, auch sie sind schwer zu ertragen, dennoch lasse ich das Fernsehprogramm laufen bis zum Schluß. Das Programm ist zu Ende, und ich habe kein einziges Bild gesehen. Das passiert mir öfters. Ich habe Trouville gestern nachmittag verlassen, ich bin auf dem Land, ich tue nichts. Ein verantwortlicher Schriftleiter von Libération ruft an, erkundigt sich, wie weit ich sei, ich sage ihm, ich hätte nichts getan, da ich voller Sorge über Danzig sei. Er sagt, ich solle trotzdem schreiben, eben darüber, daß ich wegen Danzig nicht schreiben könne. Ich sage, ich würde es versuchen. Ich sitze lange über den weißen Seiten, dann schließe ich das Haus, steige in mein Zimmer und sitze von neuem über den weißen Seiten des Danziger Streiks. Uganda – das kann jedermann sehen. Danzig nicht, fast niemand kann sehen, was Danzig ist. Plötzlich kommt die Wahrheit ans Licht: fast niemand kann zum gegenwärtigen Zeitpunkt das Glück ermessen, das Danzig verkörpert. Ich bin allein, mit diesem Glück. Ich befinde mich in einer Einsamkeit, die ich wiedererkenne, die wir unter allen Arten von Einsamkeit sofort erkennen, die unabänderlich ist und jede Zuflucht versagt – die politische Einsamkeit. Dieses Glück, das ich niemandem mitteilen kann, hindert mich am Schreiben. Ja. Ich versuche meine alten Freunde anzurufen, doch keiner ist da, weit und breit. Die Leute können das Glück, das Danzig verkörpert, gar nicht wahrnehmen, denn es ist revolutionär und das revolutionäre Denken ist ihnen längst abhanden gekommen. Ich rufe die Auskunft an, ich erkundige mich nach dem genauen Namen der polnischen Fluggesellschaft. Sogleich antwortet ein junger Mann: LOT, gibt mir die Adresse und

Telephonnummer. Er sagt: Sie werden keinen Platz in den Flugzeugen nach Danzig bekommen, die wollen nicht, daß man sich das ansieht. Wir unterhalten uns einige Minuten lang. Er ist für den Streik, glaubt aber, daß er fehlschlagen wird. Ich sage: sicher wird er fehlschlagen, denn die Forderungen sind enorm, endlich kann ich mit jemandem über Danzig sprechen, wirklich enorm, ob er sie kennt? Nicht sehr genau. Es ist ein Uhr morgens, auch er hat Lust, sich zu unterhalten. Ich sage zu ihm: die wollen alles, die werden in keinem einzigen Punkt nachgeben, die verlangen Dinge, die man ihnen nirgends zugestehen würde, nicht einmal in den reichsten Ländern. Er fragt mich: wer sind Sie, eine Journalistin? Ich sage: nein, nichts dergleichen, ich hätte nur Lust gehabt, mit jemandem über Danzig zu sprechen. Ach so. Ja, sag ich. Er sagt, es komme oft vor in der Nacht, daß die Leute reden wollten, doch im allgemeinen nicht über Politik, sondern über ihr Leben. Ich sage, manchmal sei das das gleiche. Er fragt, ob ich mir um Danzig Sorgen machte. Ich zögere und sage nein, was nicht heiße, daß der Erfolg oder Mißerfolg des Danziger Streiks mir gleichgültig sei. Ich sage, ich sei glücklich, daß dies stattgefunden habe, und er? Er sagt, er sei zuwenig auf dem laufenden, er wisse es nicht. Da beginne ich, den Text für Libération zu schreiben.

7

Vor einem Jahr habe ich Ihnen die Briefe von Aurélia Steiner geschickt. Habe Ihnen über Melbourne, Vancouver, Paris geschrieben. Von diesem Ort über dem Meer, aus diesem Zimmer, das Ihnen gleicht. In dieser Nacht nun seh ich Sie wieder; eigentlich kenne ich Sie noch gar nicht, zweifellos wegen der Nachrichten über Polen und den Hunger, die, wie Sie sehen, mich dem Alleinsein ausliefern. Dieses Zimmer hätte der Schauplatz unserer Liebe sein können, also ist es der Ort dieser Liebe. Ich war es mir schuldig, Ihnen dies einmal zu sagen, denn was Sie und mich angeht, kann ich mich nicht täuschen. Ich habe Ihnen die Briefe von Aurélia Steiner geschickt, ihre Briefe, verfaßt von mir, und Sie haben mich angerufen und mir Ihre Liebe für Aurélia gestanden. Später habe ich weitere Briefe geschrieben, um Sie über Aurélia reden zu hören und über mich, die Ihnen Aurélia vorenthält und wieder ausliefert, so wie ich selbst mich Ihnen ausgeliefert hätte im mörderischen Wahnsinn, unserm Bund. Ich habe Ihnen Aurélia vermacht. Ich habe mich damals an Sie gewandt, damit Sie die werdende Aurélia betreuen, damit Sie zwischen ihr und mir stehen und so gleichsam zur Ursache ihres Daseins werden, verstehen Sie, so wie Sie auch die Ursache dafür hätten sein können, daß ich nichts schreibe, falls wir uns zum Beispiel geliebt hätten, so sehr geliebt, daß die Worte Aurélias nie ans Licht gekommen wären, nur unsre eigenen Worte, unsre Namen. So sind Sie denn gleicherweise die Ursache für die Existenz und die Nicht-Existenz von Aurélia Steiner in mir. Ich gebe Ihnen auch diese Nacht ohne Namen, ohne Form. Ich gebe Ihnen auch Danzig. So wie ich Ihnen die jüdischen Kontinente, Aurélia, gegeben habe, so wie ich Ihnen meinen eigenen Körper gegeben hätte, so gebe ich Ihnen Danzig. Weder Aurélia noch Danzig kann ich für mich allein behalten; so wie ich über Aurélia schreibe, schreibe ich über Danzig, und Aurélia wie Danzig richte ich an Sie beim Heraustreten aus mir selbst. Da ist es, zwischen uns, von unsern Leibern umschlossen. Schauen Sie es an. Es ist strahlend wie das Verlangen, es tritt hervor aus dem Dickicht des Dunkels, es gehört uns. Sehen Sie nur diesen geistigen Aufbruch, während ringsum das Proletariat stirbt, ermordet wird – wie ist uns Danzig doch nah, seit jeher nah wie das Leben selbst. Alle sind wegen Danzig traurig, nur wir sind es nicht. Unser einstiger Schmerz erscheint hier als völlig neues Licht, das die politische Lage erhellt. Danzig ist wie ein Scheinwerfer, der den großen übelriechenden Müllhaufen des europäischen Sozialismus beleuchtet. Sollen die andern schweigen. Danzig, das sind wir. Das ist die Wirklichkeit. Und der Glaube an Gott verbindet sich mit der Wirklichkeit, die verbotene Gottesverehrung ist diese Wirklichkeit, während die Theorie, welche den angeblich unwirklichen Gott mit Bann belegt, ihrerseits unwirklich ist. Unvermeidbar die Trauer der Regimentsstäbe. Denn man kann das Glück von Danzig einzig und allein an einem Ort erfahren, der nicht von der Macht verseucht ist. Unmöglich, dieses Glück zu erfahren, wenn man auch nur eine Parzelle Macht zu verwalten, zu erhalten hat. Durch die Vernichtung von Danzig wollte man uns alle vernichten, denn Danzig ist das Gemeingut von allen und zugleich, im höchsten Grade, das Gut jedes einzelnen. Ich sehe Sie, wir lachen. Heute ist der Wind mit dem Abend gekommen, ohne Böen, gleichmäßig, kühl. Er hat die Menschen vertrieben, die Vögel, die Farben. Es war sechs Uhr abends. Das Licht schwand schon, das Meer schien grau unter dem farblosen, leeren Himmel, irgendwie fremd, als wäre es an der Arbeit, bereits damit beschäftigt, Wind zu erzeugen und Kälte. Schiffsfrei die Achse von Antifer, der Horizont tadellos. Und dieser plötzliche Wind, der um sich griff, und diese Kälte. Da haben die ersten, die es wagten, gesagt: das Ende des Sommers ist da. Die Hotelfenster schlossen sich vor dem Meer und erloschen sehr früh. In einem solchen Fall ist es das Beste zu schlafen, falls man nämlich Mühe hat mit dem Denken und Widerwillen gegen das Wissen. Niemand lief über den Plankenweg, außer dem Wind, auch auf dem Strand war niemand. In den warmen Augustnächten waren es viele gewesen, immer gab es Spaziergänger auf dem Plankenweg und Paare auf dem Strand, die sich dann verloren in der unheimlichen Weite des Meerraums. In dieser Nacht gab es niemanden. Und niemand schrieb – weder im Hotel noch in der Stadt noch sonstwo – außer mir. Während im Sommer von meinen beiden Schreibmaschinen – es sind immer die gleichen – kein einziger Laut aus dem Hotel ins Freie gedrungen war. Der Wind ließ um zwei Uhr morgens nach. Stets diese kurzen Auftritte, als wäre die Zeit in Eile, und dann das vollkommene Verschwinden, Vergehn. Vom Balkon aus sah ich, daß die Luft wieder reglos und das Meer von neuem eingeschlafen war. Ich dachte bei mir, daß die andern niemals ein Danzig haben würden, was immer kommen mag. Niemals. Daß nur wir es hatten, wir allein. Daß sie davon ausgeschlossen waren.

Und ihre Trauer auch aus dem Mißtrauen gegenüber unserm Glück bestand. Die Nacht war klangreich und ausgehöhlt durch die Blicke, die ihrer dunklen Pracht abgingen. Man vernahm gleichsam ihre Bewegung, ihren Schritt. Ich war da, um zu sehen, was den andern stets entgehen würde, eine Nacht unter den Nächten, eine wie viele andere auch, dumpf wie die Ewigkeit, für sich genommen das Unlebbare der Welt. Ich dachte an die Zusammengehörigkeit des Kindes und des Meers, an ihre hinreißend ähnliche Unähnlichkeit. Ich sagte mir, daß man stets auf dem toten Körper der Welt schreibt, desgleichen auf dem toten Körper der Liebe. Daß es eines Zustands der Abwesenheit bedarf, damit das Geschriebene eindringt, nicht um Erlebtes oder für erlebt Gehaltenes zu ersetzen, sondern um die Öde festzuhalten, die jenes zurückließ. Dem Wind folgte die Stille der Nacht, doch es war nicht eine Stille, die vom abflauenden Wind rührte, eine andre war's, die Stille des nahenden Morgens. Die Türen des Hauses von Aurélia Steiner sind geöffnet den Orkanen und sämtlichen Hafenmatrosen, und dennoch sucht diesen Ort, das Haus Aurélias, nur die Wüste des Geschriebenen heim, dennoch geschieht hier nichts anderes als das unentwegte Festhalten dieser Tatsache, der Verwüstung. Ich spreche vom gesamten Leid der Juden, das Aurélia trägt wie ihren eigenen Namen. Haben Sie diese Leute da im Fernsehen gehört, wie sie über Montaigne sprachen? Sie sagten, Montaigne habe vorzeitig das Parlament von Bordeaux, seine Freunde, seine Frau und seine Kinder verlassen, um zu schreiben. Er habe nachdenken wollen, sagten sie, um anschließend über Religion und Moral zu schreiben. Ich sehe in Montaignes Rückzug keinerlei Entschluß dieser Art; nicht Vernunft waltet in ihm, sondern Verrücktheit und Leidenschaft. Montaigne begann zu schreiben, um nach dem Tod von La Boétie überhaupt weiterleben zu können. Hier ging es nicht um Fragen der Moral. Und wenn, wie Michel Beaujour sagte, der als einziger den Mut dazu hatte, die »Essays« nicht vollständig lesbar sind und niemand sie je zur Gänze gelesen hat, sowenig wie die Bibel, oder vielleicht in noch geringerem Maße, so deshalb, weil sie nicht hinausgehen über die Einzigartigkeit einer persönlichen Beziehung, verewigt hier im Tod, dort im Glauben. Hätte Montaigne über seinen Schmerz geschrieben, so hätte dieser das ganze Schrifttum der Welt begleitet. Doch er schreibt, um darüber gleichsam nicht zu schreiben, um nichts zu verraten, wenn er schreibt. Auf diese Weise entzieht er sich uns, läßt er uns allein, verwundert, beglückt, aber so, daß wir ihm in seine Freiheit nicht folgen können. Heute morgen war das Wetter wieder strahlend, die Strände voller Drachen, Kinder und erschöpfter Familien, die immer traurig sind, sehen Sie, immer. Und mitten hindurch gingen die Ferienkolonien, sie sangen an diesem Morgen, sangen jenes unverständliche Lied. Und wie immer gab es andere Kinder, die ihnen folgten, denn nichts unterscheidet sie, auf den ersten Blick, von Waisenkindern, Waisenkinder aber üben, ebenso wie verlorene Kinder, auf Kinder, die in einer Familie und in Liebe aufwachsen, den unvergleichlichen Reiz der Verlassenheit aus. Auch das Kind mit den grauen Augen war da. Und neben ihm ging die junge Frau. Von Zeit zu Zeit las das Kind am Strand irgendwelche Sachen auf, und die junge Frau wartete. Die andern Betreuerinnen versammelten alle Kinder – sie waren den beiden stets voraus –, und die junge Frau sagte: wir wollen jetzt singen. Das Kind mit den grauen Augen setzte sich neben sie. Und alle sangen, außer dem Kind und der jungen Frau. Die Betreuerinnen forderten das Kind auf, mit den andern zu singen, doch es gab keine Antwort. Da sagte die junge Frau, das Kind könne nicht mit den andern singen. Aber man verstand nicht, was sie sagte. Auch wollte man, daß das Kind selber die Frage beantworte. Warum willst du nicht singen? Da blickte das Kind auf die, die es fragten, sodann auf die übrigen Kinder, als wäre es plötzlich erwacht, ohne Furcht war es, nur in etwas erschrockener Verwunderung und wie immer mit leicht verzerrtem Gesicht, dessen Unbeweglichkeit von den Worten, die es hervorbrachte, zerstört wurde, und sagte: ich will nicht singen. Man war unschlüssig, warf der jungen Frau vor, daß sie das Kind zu sehr bevorzuge. Sie erwiderte, sie bevorzuge es nicht. Man sagte zu ihr, die Besonderheit eines Kindes dürfe nicht gefördert, sondern müsse umgekehrt der gemeinsamen Verhaltensnorm unterworfen werden, sie müßte das wissen. Die junge Frau erwiderte, sie verstehe nicht, wovon die Rede sei. Da hieß man sie mit dem Kind gehen, da dieses sich so sehr von seinen Kameraden unterscheide. Und die beiden sind wirklich gegangen, von der anderen Seite der Mole hinüber zu den Lehmhügeln und den Schwarzen Felsen. Dort sang sie dem Kind ein Lied; sie sei an der klaren Quelle gewandelt, eine Nachtigall habe auf dem höchsten Ast geschlagen, und sie werde es nie vergessen, und das Kind lauschte ihren Worten. Das Meer zog sich zurück, doch an dieser Stelle, zwischen den Hügeln und dem Meer, gibt es eine flache Schwelle, einen breiten Streifen, wo das Wasser nicht abfließt und jeden Tag lange ein glitzernder Spiegel bleibt. Und während sie über den Spiegel gingen, erzählte die junge Frau dem Kind von einer schmerzlich nachwirkenden Lektüre, die sie nicht mehr loslasse. Es gehe darin um eine Liebe, sagte sie, die den Tod erwarte, ohne ihn hervorzurufen, um eine Liebe, die unendlich viel leidenschaftlicher sei, als wenn sie durch das Verlangen entstanden wäre.

8

Der Himmel bewölkte sich, und der Sturm kam mit dem Nordwind. Der Wind war sehr stark, er kannte keine Unterbrechung und Rast, wie eine Mauer war er, glatt und kompakt. Und das Meer tobte von neuem. Regen fiel in der Nacht und wurde vom starken Wind vertrieben. Dieser Wind heulte die ganze Nacht, unter den Türen, in den Mauerritzen, im Schädel, in den Tälern, im Herzen, im Schlaf. Auch das Zimmer, aus dem ich Ihnen schreibe, hallte die ganze Nacht vom dumpfen, schweren Rauschen des Meers wider. Seine Wassermassen verschoben sich dröhnend, brausten und krachten zusammen, wobei die Wasserlöcher sich sogleich wieder auffüllten und die Gewalt der stürzenden Fluten – kaum war die Oberfläche erreicht, die Luft gestreift – sich in einer ungeheuer weißen Brandung auflöste. Die Leute unterhielten sich, hatten Angst, sagten: so ist das Geräusch der Konvois, des Kriegs. In den Klagen des Winds erkannten sie Zeichen aus dem Osten, Todeszeichen, Sie wissen ja, wie diese Leute sind, und wir alle, in welcher Geistesverwirrung, in welcher ständigen Unvernunft, und wie sehr allzeit bereit, die schwarze Höhle aufzusuchen aus Angst vor dem Wolf. Aber diesmal drohte nichts, das waren nur die Geräusche von Meer und Wind. Und die Sonne ging auf über der Welt. Der Himmel war blank und weiß, nur das Meer tobte noch. Lange verharrte es in diesem Zustand, in diesem nächtlichen Zustand der Verirrung und Eitelkeit, schlaflos und alt. Lange quälte es sich ab unter dem hellen Tageslicht, als müßte es die stumpfsinnige Reibung seiner eigenen Fluten vollenden, eine Beute seiner selbst, von unfaßbarer Größe. Wie am ersten Tag schüttete es ganze Armvoll seines weißen Zorns über den Strand, übergab sie diesem wie ein rechtmäßiges Gut, so wie ein Tier seine Knochen und wie die Vergangenheit die Asche der Toten hinterläßt. Auch das Kind mit den grauen Augen war da und die junge Frau, sie betrachteten das Meer. Da holte ich sie zu mir heim, so wie ich es mit Ihnen, dem Meer und dem Wind getan hatte, da seid ihr nun alle in diesem Zimmer eingesperrt, das verloren ist außerhalb der Zeit. Und mitten an diesem Samstag im August kam die Nachricht. In Sachen Danzig. Angenommen. Der Vertrag unterzeichnet. Ich habe, wie Sie, verschiedene Leute angerufen; sie hatten die Nachricht gehört, dieselbe, und somit konnte es keinen Zweifel mehr geben – was passiert war, war passiert. Ich weiß nicht, wie ich zu Ihnen über diese Nachricht sprechen soll. Jedermann spricht davon in der Meinung, sich klar und deutlich auszudrücken, doch gerade diese Klarheit ist es, die mich nun plötzlich allen entfremdet; obwohl sie groß ist, scharfsinnig, logisch und überzeugend, überläßt sie mich Danzig wie der Heimat des Schweigens. Denn ich glaube, daß Danzig das Schweigen ist, welches auf dem undefinierbaren Wesen all dessen gründet, was definiert sein wollte, was zerstäubt, zerstückelt, zertrennt war, ja, das ist der richtige Ausdruck: zertrennt durch das Wort. Ich glaube, daß Danzig vor allem auf dem Schweigen beruht, daß das Schweigen alles umfaßt, seine wunderbare Neuartigkeit ausmacht. Ich hatte mich bereits im einzelnen über die Forderungen von Danzig geäußert; soeben habe ich alles Geschriebene weggeworfen. Danzig liegt schon in der Zukunft. Und selbst wenn es scheitert, wenn es blutig niedergeschlagen wird, wird es stattgefunden haben, es ist nicht rückgängig zu machen, es ist monolithisch und zugleich zugänglich für alle, für absolut alle, die sehen. Die Forderungen von Danzig stimmen so sehr mit den Grundforderungen des Menschen überein, daß sie uns über letztere gleichsam neue Einsichten vermitteln, welche ihrerseits, ebenso wie die Forderungen selbst, klar und nicht mehr rückgängig zu machen sind. Der Blitz leuchtet im Bewußtsein, nicht im Wald. Wir dachten, wir würden nichts mehr dazulernen. Und nun wissen wir plötzlich, was wir nie zu wissen glaubten. Denn Danzig sehen, bedeutet solche Erkenntnis. Versuchen wir, uns dem stillen und einsamen, dem unbewaffneten Heer der Geschichte zu nähern. Versuchen wir dies – unter Vermeidung sinnlosen Theoretisierens – auf die einzig mögliche Art und Weise: durch die Vorstellung. Ich spreche zu mir, als wäre es möglich, zu jenen dort zu sprechen, ich antworte mir, als wäre es möglich, jenen dort zu antworten. Und dies alles ist erfunden, und dies alles kann bestritten werden, sowohl was die Form als auch was den Inhalt der Sätze angeht. Wurde Ihnen das Recht zugebilligt, bessere Löhne zu verlangen? Nein, wir wurden niedergemacht. Hatten Sie das Recht zu schreiben, was Sie wollten? Nein. Und zu lesen, was Sie wollten? Nein. Hatten Sie das Recht, sich zu verteidigen? Nein, dafür waren bestimmte Stellen zuständig. Hatten Sie das Recht, an Gott zu glauben? Nein. Hatten Sie Hunger? Nein, wir aßen, soviel wir wollten. Hatten Sie das Recht, einer Liga zur Verteidigung der Menschenrechte, wie jener von Helsinki, beizutreten? Nein, das war verboten. Hatten Sie Zutritt zu den Lebensmittelgeschäften, die der Machtelite vorbehalten sind? Nein. Hatten Sie das Recht, sich ein Auto zu kaufen? Ja, aber wir konnten es nicht mit Schwarzmarkt-Dollars kaufen, denn man zahlte uns in Złotys. War die Lieferfrist lang? Zwei Jahre gegen Złotys, eine Woche gegen Dollars. Hatten alle führenden Mitglieder der KP ein Auto? Fast alle. Aber man hat Sie doch vom Joch des Kapitalismus befreit? Das sind Floskeln. Die Ausbeutung des Menschen ist in den sozialistischen Ländern schlimmer als in den nichtsozialistischen. Aber zu essen hatten Sie immer? Ja, seit sechzig Jahren, seit 1917. Gibt es im Sozialismus keinen Kapitalismus? Doch, der Schwarzmarkt im nationalen Maßstab ist eine Form von Kapitalismus. Welches ist, in diesem Fall, der Unterschied zwischen Kapitalismus und Sozialismus? Der Kapitalismus besitzt keine Rechtfertigung, der Sozialismus schon. Was sind das für Leute, die in der Partei? Wir wissen es nicht, das ist uns gleichgültig. Haben Sie Ansichten über sie? Nein, sie interessieren uns nicht. Wie erklären Sie sich, daß sie in Polen und anderswo immer wieder Leute rekrutieren? Sie sehen darin wohl einen Nutzen, oder aber sie verstehen nichts von Politik, wir wissen es nicht, es interessiert uns nicht. Hören Sie sich ihre Reden an? Nein. Können Ihnen diese Leute etwas beibringen? Nein. Auch nicht über sich selbst? Auch über sich selbst können sie uns nichts mehr beibringen. Gibt es Unterschiede zwischen den einzelnen Mitgliedern der KP, gibt es gute, schlechte, Lügner, Nicht-Lügner? Nein. Solange sie eingetragene Mitglieder der Partei sind, sind alle Unterschiede zwischen ihnen inexistent. Wodurch also würden Sie sie definieren? Durch die Angst. Wie konnten Sie diese unzulässigen Lebensbedingungen akzeptieren, jahrzehntelang? Aus Angst. Dreimal haben wir's versucht, dreimal hat man uns umgebracht. Ist es dieselbe Angst wie die der Machthaber? Ja, dieselbe, die Angst zu sterben oder eingesperrt zu werden. Ist diese Angst jetzt verschwunden? Nein, sie ist noch immer vorhanden. Gibt es einen Unterschied zwischen der Angst der Machthaber und Ihrer eigenen? Nein, keinen. Aber zu essen hatten Sie genug jeden Tag? Man mußte stundenlang anstehen, um sich Lebensmittel zu kaufen, aber zu essen hatten wir, gewiß. Was ist das Neue am jetzigen Streik der Danziger Werftarbeiter? Die Entschlossenheit. Markiert Danzig das Höchstmaß dessen, was Sie ertragen können? Nein. Es markiert das Höchstmaß unserer Entschlossenheit; dieser Streik war vorbereitet gewesen, man hatte sein Datum festgelegt – auf den Sommer 1980. Würden Sie diesen Streik als politisch bezeichnen? Es ist ein Streik, der die gesamte polnische Gesellschaft und Nation betrifft; sollte er darüber hinaus eine Umgestaltung der Struktur des Sozialismus bewirken, so ist uns das gleichgültig, man kann ihn interpretieren, wie man will. Das Gesetz, was ist das? Nichts, es ist wie die Bürokratie, ein jeder will seine Privilegien absichern. Sie haben an die Intellektuellen appelliert mit der Bitte, daß diese Sie gegenüber der Partei vertreten, warum? Zum einen, weil die Intellektuellen uns immer unterstützt haben, zum andern, weil sie dieselbe politische Kultur haben wie die Parteischriftsteller; es handelt sich hier um ein Problem der Sprache, es wäre sinnlos gewesen, wenn wir hingegangen wären. Flößt Ihnen die Bourgeoisie kein Vertrauen ein? Sie existiert nur mit Bezug zum Geld, eine andere Existenz kennt sie nicht. Streben Sie nach der Macht? Nein. Wir wollen uns um Polen kümmern, wollen es aus dem krankhaften Zustand, in dem es sich befindet, herausführen. Zählen Sie nur auf Ihre eigenen Kräfte? Ja, wir haben nur noch Vertrauen in uns selbst. Wissen Sie, daß, was Sie sagen, auch auf den Großteil der europäischen Staaten anwendbar wäre? Ja, wir wissen es. Glauben Sie, daß die menschliche Natur gut ist? Nein. Glauben Sie, daß man das Böse verringern kann? Ja. Die schädlichen, dem Bösen geweihten Kräfte des Menschen können umgelenkt und anderen Zwecken dienstbar gemacht werden. Auch das Böse ist eine Kraft. Sind Sie pessimistisch, was den Menschen anbelangt? Ja. Glauben Sie infolgedessen auch, daß der Optimismus – einer der Grundgedanken des Sozialismus – zugleich dessen schwächster Punkt ist? Ja, das glaube ich. Was sagen wir aus, wenn wir solches sagen? Nichts. Wir stellen bloß fest. Hatten Sie gleich viel zu essen wie die Menschen in China, in Rußland? Ja. Warum reden Sie eigentlich vom Hunger? Weil ich wie Sie der Meinung bin, daß das Stillen des Hungers den Nährboden für das darstellt, was man – falls Sie einverstanden sind – die neue sozialistische Unterdrückung des Menschen nennen könnte, eine Unterdrückung, welche das exakte Gegenstück zu seinem alten Elend darstellt. Ein sozialistisches Land ist per definitionem ein Land, in dem der Hunger nicht mehr existiert. Die andern Seiten des Menschseins kommen nicht vor. Wer ißt, gilt als freier, als genügsam-fügsamer Mensch. Der genügsam-fügsame Mensch braucht über nichts mehr zu klagen, vorausgesetzt, er kann essen, soviel ihm beliebt. Der Mensch in den sozialistischen Ländern erscheint somit eingeschränkt auf eine Definition, die sich auf die Nahrungsaufnahme begrenzt. Denn die Gesellschaft benötigte nichts so sehr wie ihn, diesen wohlgenährten Menschen, um den Sozialismus aufzubauen. Nun ist es aber nicht so, daß im selben Maße, wie der Hunger beim Menschen einen Zustand des Leidens und der Unfruchtbarkeit hervorruft, die Abschaffung dieses Leidens einen Zustand des Glücks und der Fruchtbarkeit bewirkt. Der Zustand des Gesättigtseins ist ein Zustand ohne Interesse; indes müßte er ein natürlicher Zustand sein, der dem Menschen das Nachdenken über sich selbst ebenso erschlösse wie seine wesensmäßige Einsamkeit, sein Unglück, seine Intelligenz, welch letztere auch die Sehnsucht nach seinem legendären Hunger, seinen Mißerfolgen, seiner uranfänglichen Unbehaustheit umfaßt. Hier aber, wo der wohlgenährte Mensch ein Ziel verkörpert und der sozialistische Sieg über den Hunger allenthalben zu einer wichtigen Rechtfertigung erhoben wurde, macht sich der wohlgenährte Mensch schuldig gegenüber dem eigenen Leben, das heißt, schuldig machen sich die andern, in seinem Namen. Seit jeher gilt der Hunger als Skandal, aber niemals seine Ausbeutung. Dies erklärt, weshalb sich der sozialistische Mensch nach wie vor unter die Arme greifen läßt, seiner Vergangenheit und seiner Familie, dem Hunger, unterworfen. Erklärt auch, weshalb der Zustand der Sattheit hier zur

Bedürftigkeit wurde, jenem Elend verwandt, das ihr vorangegangen war. Das Kind hatte noch nie einen so heftigen Sturm gesehen, es konnte sich an keine vergleichbare Gewalt erinnern und zweifellos hatte es Angst. Die junge Frau nahm es in ihre Arme, und zusammen schritten sie in den Schaum der Wogen. Das Kind starrte auf das Meer, wobei es sich an der jungen Frau festklammerte, doch war es so entsetzt, daß es die junge Frau vergaß. Und in diesem Augenblick, in dem das Kind die junge Frau vergaß, sah sie seine grauen Augen in ihrem vollen Glanz, einem vom Meer zurückgeworfenen Glanz. Da schloß sie die Augen und tat keinen Schritt weiter in den tiefen Schaum. Das Kind betrachtete noch immer die Wogen, ihr Kommen und Gehen, doch das leichte Zittern seines Körpers hatte aufgehört. Die junge Frau wandte das Gesicht vom Meer ab und kaute die Haare des Kindes, bis Salz zwischen ihren Lippen war und Windgeruch. Das Kind bemerkte es nicht, es wußte nicht, wie ihm war, es sah nur das Chaos der Fluten und die stille Auflösung ihrer Gewalt, wenn sie sich über den Sand ergossen. Die junge Frau fragte das Kind, ob es friere; es sagte nein. Ob es noch Angst habe. Es zögerte und sagte dann nein. Es fragte die junge Frau, ob sie nicht weitergehen wolle, dorthin, wo die Wellen sich brechen, sie aber sagte, daß das Meer sie dann gewaltsam trennen und es, das Kind, an sich reißen würde. Das Kind lächelte. Später gingen sie Richtung Norden, zu den sumpfigen Wiesen der Bucht vor den Kais von Le Havre.

9

Wir nähern uns der Tagundnachtgleiche im September, wir nähern uns dem Ende des Sommers. Das Meer ist wechselhaft, während der Nacht stürmisch und gegen Morgen unvermittelt ruhig, dann wird es blau und füllt sich von neuem mit weißen Segeln und Sonne. Auch die Tanker sind wieder da, in Reih und Glied vor der weißen Felsküste von Antifer. In vier Tagen wird die letzte Ferienkolonie die Stadt verlassen. Im Augenblick herrscht Ebbe, das Meer ist weit weg, ich kann es von meinem Zimmer aus gut sehen, es läßt Tümpel zurück, Inseln, ein im Nebel versinkendes Inselmeer, ganze Länder von wasserdurchtränktem Sand. Die junge Frau und das Kind durchquerten die freien Sandflächen und gingen zur Bucht, da, wo die schwarzen Pfähle sind, Richtung Fahrrinne. An dieser Stelle der Bucht hat die Küste Vertiefungen voller Schlamm, und die junge Frau mußte das Kind tragen. Schon wurde der Lichtstreifen auf der Oberfläche des Meers länger, schon war er vergoldet und träge. Sie durchquerten die Weite des Strands; die junge Frau glitt einige Male aus, und das Kind lachte schallend. Je weiter sie gingen, desto größer wurden die Pfähle. Dann stellte die junge Frau das Kind auf den Boden, und gemeinsam durchquerten sie die letzte Sandbank vor dem Fluß, da, wo die schwarzen Pfähle eingerammt sind. Das also waren sie, drei Baumstämme so hoch wie Masten, einer neben dem andern im Abstand von wenigen Metern, am Ufer des Flusses, ihre Spitzen mußten einst durch Eisenringe und Schrauben verbunden gewesen sein. Inzwischen waren die Ringe vom Rost geplatzt, und die Stämme trennten, lösten sich langsam voneinander; nach diesen hundert Jahren etwa, in denen das Eisen sich so schrecklich krümmte, hält die Bewegung noch an, und die Bäume trennen sich weiterhin, wie im Wald, bevor man sie abholzt und durch Eisenringe zusammenpreßt. Das Kind betrachtet die Pfähle, fragt, was das sei; die junge Frau erwidert, sie wisse es nicht, und auch niemand in den Dörfern dieser Bucht wisse es. Das Kind wartete eine Weile, dann wiederholte es seine Frage mit der ihm eigenen ungestümen Zurückhaltung: was es denn sei. Da sagte die junge Frau: vielleicht eine alte Bake für die Fahrrinne der Seine, vielleicht etwas anderes, das keinem besonderen Zweck diente, vielleicht etwas, um die Amplitude der Tagundnachtgleiche festzustellen, oder eine vergessene Markierung. Die drei Baumstämme sind aber nicht alle gleich, jeder hat die Krümmung des Eisens anders erfahren, und ihre oberen Partien wurden in unterschiedlicher Weise verändert. Ihre Spitzen sind von senkrechten Rillen durchzogen, und quer zu diesen hatte man gleichmäßige, tiefe Einschnitte angebracht, damit die Taue besser hafteten. Die Gesichter der schwarzen Pfähle sind traurig, sie haben einen eigenen Blick. Sie schauen in drei verschiedene Richtungen, zum offenen Meer, zum Fluß, nach Le Havre. Ihre hölzernen Gesichter sind grau, vom Salz gebleicht und nackt, ihre Augen sind jene leeren Löcher, in denen früher die Schrauben saßen, die die Eisenringe zusammenhielten. Ansonsten sind die Baumstämme dunkelblau, von Muscheln bedeckt und haben zu ihren Füßen ein Wasserloch – das Meer bespült seit hundert Jahren Tag für Tag ihren Widerstand. Die junge Frau legte sich in den feuchten Sand und schloß die Augen. Da ging das Kind zu einer Gruppe von Leuten, die Muscheln sammelten. Von Zeit zu Zeit kehrte es zur jungen Frau zurück. Die junge Frau wußte, wann es bei ihr war und sie betrachtete, und sie öffnete die Augen und lächelte ihm zu, und das Kind ging wieder zu den Fischern und kehrte abermals zur jungen Frau zurück und gab ihr, was die Fischer zurückgelassen hatten, kleine graue Krabben, Krevetten, leere Muscheln, und die junge Frau warf sie ins Wasserloch zu Füßen der schwarzen Pfähle. Nach und nach nahm das Meer eine grüne Färbung an. Die lange Reihe der Tanker von Antifer wurde kompakter, dunkler. Der Abend kam. Und die fast unmerkliche Trübung des Lichts, der leichte Wind, der aufsteigende Nebel, die plötzlich feuchte Luft kündigten die Flut an. Und die Wasser der Seine wurden langsam von den Meeresfluten überschwemmt. Das Kind machte sich mit der jungen Frau auf den Heimweg und schaute dabei um sich mit jenem leicht starren Blick, der ihm, was immer es betrachten mochte, einen Ausdruck von ungetrübtem Staunen und inniger Anmut verlieh, einer Anmut vermischt mit Leiden, das jedoch unbewußt und schmerzlos war. Lange schaute die junge Frau das Kind an, dann sagte sie zu ihm: du bist das Kind mit den grauen Augen, du bist's. Das Kind sah, daß sie in seiner Abwesenheit geweint hatte. Die Fischer fuhren davon und riefen ihnen nach, sie sollten sich beeilen, die Flut stiege rasch. In der Seine bildeten sich überall Strömungen und Strudel, ihre Wasser wurden von der ebenmäßigen, sanften Kraft des steigenden Meers zurückgedrängt. Plötzlich wurde es kühl. Die junge Frau trug das Kind quer über den Strand, sie preßte es heftig an sich und umarmte seinen Körper. Das

Kind sah hinüber zur Fahrrinne, vielleicht hatte es Angst, weil sie jetzt allein auf der riesigen Sandfläche waren. Die junge Frau erreichte das steinige Ufer, das zu den Sümpfen der Bucht führte. Hierher kam das Meer nie, und sie sagte zum Kind, es brauche sich nicht mehr zu fürchten. Sie stellte es auf den Boden, und zusammen gingen sie über einen von Binsengras gesäumten Pfad. Da sagte die junge Frau nach einer Weile, sie möchte, daß es zwischen ihnen so sei, sagte: daß es völlig unmöglich sei, sagte: daß es völlig hoffnungslos sei. Wäre es erwachsen gewesen, sagte sie zum Kind, wäre aus ihrer Geschichte nichts geworden, sie könne sich so etwas nicht einmal vorstellen und sie wünsche, daß diese Geschichte für immer bleibe wie sie sei, mit ihrem Schmerz, ihrem Verlangen, mit der unerträglichen Qual, die dieses Verlangen erzeugt – selbst auf die Gefahr hin, daß sie einen in den Tod treibt. Und die junge Frau sagte, sie wünsche auch, wenn sie sich in zwölf Jahren hier am Meer wiedersähen, daß nichts anderes, nach wie vor, zwischen ihnen sei als dieser Schmerz, wie grausam er auch immer sei oder wäre, und er wäre es bestimmt, doch sie müßten ihn ertragen, so wie er ist – erdrückend, schrecklich, endgültig. Sie wünsche, sagte sie, daß es so bleibe bis zu ihrem Tod. Das Kind lauschte der jungen Frau und erriet den Sinn ihrer Worte besser, als wenn sie versucht hätte, sich klar auszudrücken. Sie sagte zu ihm, es werde sich einst gleichzeitig an diesen Pfad, an die schwarzen Pfähle und an ihre Worte erinnern. Und was ihm jetzt unklar sei, entspreche dem, worüber sie sich selbst im unklaren sei ihm gegenüber. Sie waren am Plankenweg angelangt. Lange sprachen sie kein Wort mehr. Dann sang die junge Frau, sie habe an der klaren Quelle gerastet, eine Nachtigall habe auf dem höchsten Ast geschlagen und sie werde es nie, nie vergessen. Das Kind hatte es zwar nie gesagt, aber sie wußte, wußte genau, daß es dieses Lied mochte. Wenn sie es sang, nahm das Kind nichts mehr wahr, und seine Hand, die in der ihren ruhte, wurde wie leblos. Sie wußte es aber auch aufgrund einer nicht weiter zerlegbaren Ahnung, die unergründlich war, ihr allein vorbehalten, doch gleichsam losgelöst von ihr, jenseits der Fassungskraft ihres Lebens. Als sie bei den Zelten ankamen, sprach man dort von Polen, von Zerstörung und Tod. Da kehrte ich in die Nacht dieses Zimmers über dem Meer zurück, in seine Stille. Ja, ich glaube, wir haben uns gesehen; als ich die Tür öffnete, hab ich Sie erkannt, ich glaube, so war es. Sie sind einige Tage später weggefahren, und in der Folge war die Stadt während mehrerer Tage verdüstert und mein Zimmer verödet, voller Bestürzung über Ihr Fehlen war es und wie geborsten durch den Schlag, den Sie seiner gewohnten Einsamkeit versetzt hatten. Ja, ich bin in mein Zimmer gegangen, weil die dort sagten, sie hätten Angst um Danzig, Angst vor der Stärke der Waffen und derjenigen der Armeen. Nein, ich meinerseits verbinde Danzig nicht mit der Angst, es würde zerstört. Noch mit der Stärke der Waffen und der Armeen. Offen gestanden verbinde ich es mit nichts, so glaube ich wenigstens, oder doch: mit mir selbst. Mit Ihnen. Mit der Liebe zu Ihnen, zu Ihrem Körper. Nein, Danzig hat nichts zu tun mit der Gewalt, die es zerstören könnte. Mit diesen Leuten, die da schreiben, reden, sich erinnern. Nein. Es hat auch nichts zu tun mit seinem möglichen Verfall im Laufe der Zeit. Mit seiner Verwesung danach. Nein. Wenn es einst in Fäulnis ruhen wird, wird es etwas angehören. Wem? Das ist unwichtig. Es hat mit sich selbst nichts zu tun. Sehen Sie diese Finsternis, die uns umgibt, wie dicht sie ist, man braucht fortan nicht zu klagen, schauen Sie nur, wie man sich durch sie hindurchliest. Sie müßten mit mir kommen ins schwarze verlassene Zimmer, keine Angst mehr haben. Sie dürfen keine Angst mehr haben. Sie hatten zu große Angst. Moskau kann Danzig nicht verstehen, wie sollte es das nur? Wie sollte es Danzig verstehen können? Wie? Diese Bewegung des Meeres, des Winds? Diese ruhigen Kräfte? Diese Liebe? Wie sollte Moskau dies verstehen können? Das war 1946, ja. Auf dem Grabstein steht geschrieben: Achmatowa, Anna, mit Publikationsverbot belegt. Sie wäre bald hundert Jahre alt. Das Verbot gilt bis heute, seit 1946, ja das stimmt. Sie lebte von Übersetzungen, in einem Dienstbotenzimmer. Sie, die größte Dichterin. Danzig. Nein, man weiß nicht warum. Ja, das war 1947. Der Name auf dem Grabstein lautet: Ossip Mandelstam. Der größte Dichter. Ja, mit Publikationsverbot belegt. Moskau, das Danzig zulächelt – wie, glauben Sie, sollte dies möglich sein? Zweihundertsechzig Millionen Einwohner. Man weiß nicht warum, doch plötzlich erschien dieses Licht an der Nordsee. Mitten in der Finsternis, erinnern Sie sich? Eine Hoffnung? Nein nein. Ich glaube, es gibt nichts Pessimistischeres als Danzig. Es sei denn meine Liebe zu Ihnen, von der ich weiß, daß sie aussichtslos ist, wobei ich – auch wenn ich Ihnen anscheinend den Vorzug gebe – letzten Endes doch nur jene Liebe liebe, die nicht zerstört ist von der Wahl unserer Geschichte. Danzig – wie sollte Ihrer Meinung nach Moskau Danzig verstehen? Danzig ist so fröhlich, so leicht, vergeblich, fast wertlos, disparat, ja, zärtlich, verrückt

– eine Vielheit, verkörpert in jedem einzelnen Bürger. Moskau akzeptierte Danzig, weil es Danzig nicht verstand. Das ist wie bei den Schwerhörigen, sie antworten – aus Angst. Baudelaire. Mallarmé und diese Toten Rußlands ... Warum wollen Sie sterben? Warum nicht? Ja, warum eigentlich nicht? Wir kennen die Geschichte wie die jüdischen Schriftgelehrten. Schauen Sie, nun ist plötzlich alles heiter, der Himmel, das Meer, bei Tagesanbruch hatte es zu toben begonnen, wurde finster und bös, jetzt aber ist es glücklich. Das Meer hat weder Geist, Verstand noch Herz, es ist bloß dinghaftes Werden, ohne Ausweg und Ziel. Danzig ist sterblich, Danzig ist das Kind mit den grauen Augen. Das ist es. Es ist wie Sie.

10

Die Septemberfluten sind da. Das Meer ist weiß, toll, toll vor Tollheit, vor Chaos, es sträubt sich in stetiger Nacht. Das Meer läuft Sturm gegen die Molen, gegen die Lehmhänge, reißt Blockhäuser aus, durchwühlt Häuser und Sand, toll ist es, sehen Sie nur, toll. Man schließt sämtliche Hausausgänge, bringt die Segelschiffe unter Dach und Fach, schließt hinter sich zu, das Meer trägt alles fort, bringt es wieder zurück, häuft es an, man schläft auf seiner Sänfte, auf seinem Donnergrollen, auf seinen Schreien, auf der langgezogenen Klage seines Wahnsinns. Am Morgen beruhigt es sich. Doch sobald der Nachtwind aufkommt, fängt es von neuem an, ja, kaum ist es Nacht, tobt es in einem fort. Ich bin im schwarzen Zimmer. Sie sind bei mir. Wir schauen hinaus. Aufs Meer und die beiden fernen Gestalten – die junge Frau und das Kind –, die sich am Rande der Weiße bewegen, über die Blöße, den Strand. Sie halten Distanz, sie reden kein Wort. Noch geht kein Wind, erst die Nacht wird ihn bringen, mit dem Wechsel der Gezeiten. Wir sind eingeschlossen im Raum des Meeres und seines Wahnsinns. Das Meer will die Linie des Äquinoktiums, der Tagundnachtgleiche, nicht überschreiten. Sträubt sich gegen diesen Sternenwinkel, diese Himmelsregel, dieses Gesetz, diese Äquatorsonne, und tobt jedesmal, hingerissen vom Zugriff seiner Gewalt, vom Aufbruch seiner Fluten zum Ursprung der Welt, und schreit. Der Strand ist leer wie das Zimmer. Die junge Frau und das Kind sind allein. Ich betrachte sie in Ihrer Gegenwart. Sie kennen die Geschichte, ohne Sie hätte ich darüber nichts gesagt. Die beiden bewegen sich der Weiße entlang, unter der weißen Sonne, die von Zeit zu Zeit durch die Löcher des schwarzen Himmels dringt. Oben auf dem Hügel hat man die Zelte abgebaut. Busse kamen am späteren Vormittag, man hat die Koffer der Kinder verstaut. Nun gilt es, bis vier Uhr warten, bis die Kinder zurück sind. Sie ist zum Strand. Hat das Kind mitgenommen, ohne jemanden zu benachrichtigen. Komm. Von der Hügelkuppe schaut man ihnen nach. Die Angst. Man sagt: sie wird das Kind nicht zurückbringen. Man sagt: sie wird es töten und sich selbst dazu. Man sagt: sie verlassen den Strand nicht; solang sie ihn nicht verlassen, besteht kein Grund zur Angst. Grelles Licht fällt auf weite Teile des Meers, an andern Stellen regnet es, man sieht, wie die hellen Regenwände den Himmel durchfurchen. Sie gehen durch Regen- und Sonnengebiete, immer weiter gehen sie, und ich schau ihnen nach aus dem schwarzen Zimmer. Ich sehe sie gut. Ich sehe das Grau der Kinderaugen mit den Kristallen des Blicks, ihren feuchten Glanz, ihr Fleisch, sehe das tiefe gleichmäßige Grau des Meers, sehe die Umrisse ihrer Gestalten, und Zonen seh ich, wo der Regen niedergeht, sowie vom bevorstehenden Regen geschwärzte Zonen. Ich betrachte sie. Und werde, während ich sie betrachte, von Ihnen angesehen. Wie jene sind wir getrennt. Es hieß: die Busse fahren um vier Uhr nachmittags. Sie geht voran. Das Kind folgt ihr. Sie reden kein Wort. So wollen Sie denn wissen, worüber wir uns im schwarzen Zimmer unterhalten haben? Heute weiß ich's nicht mehr. Behaupte wie Sie, es nicht mehr zu wissen. Über die Ereignisse des Sommers ohne Zweifel, über Regen und Hunger, über die schlechte Zeit – erinnern Sie sich noch? –, die Tag und Nacht durch Wind und Kälte lief, über die Hitze, über die warmen Nächte, die den Augusttagen entsprangen, über den kühlen Schatten der Mauern, über die grausamen jungen Frauen mit ihren verführerischen, Verlangen erweckenden Formen, über die Hotels, über die Korridore, über die Hotels, über die verlassenen Zimmer, in denen geliebt und geschrieben wurde, über das Zimmer seines

Martyriums, über diese trägen Abende – erinnern Sie sich noch? –, als die Frauen tanzten, ja, tanzten vor ihm, der in Verlangen und Schmerz sich verzehrte bis zur Bewußtlosigkeit, ergriffen vom tödlichen Rausch des Genusses. Auch über Mozart und das Mitternachtsblau auf den arktischen Seen, über das mitternachtsblaue Licht auf den Stimmen – von denen das Herz erbebt –, den Stimmen Mozarts. Auch über diese Ihre Art, nichts zu tun, und über ihre, der Frau, Art zu warten, sowie über Ihre Art zu warten auf einem Diwan, den Blick nach draußen. Über Polen und über Gott. Auch über den Tod und über die Postkarte, die das Kind am Kiosk erstand, damit sie das Datum draufschreibe und den Namen des Orts und die Stunde ihres Treffens, denn es kann noch nicht schreiben, kann weder lesen noch sonstwas, weiß noch nichts von den Dingen, die es sehr bald schon wissen wird, spätestens in einem Jahr, und dann für immer, bis zu seinem Tod. Oben auf dem Hügel Angst. Man kann die beiden nicht mehr sehen, sie haben die Reihe der Badekabinen hinter sich gelassen, desgleichen die schwarze Septemberflagge und die rote Fahne der Gefahr, man wartet und sieht: sie tauchen wieder auf, sie sind doch nicht zur Mündung der Touques gegangen, sie kommen zurück, ja, kommen zurück in dieses Diesseits, wo die Busse schon bereitstehen, um das Kind mitzunehmen. Da seh ich sie kommen, die junge Frau singt, ich hör sie ein Lied singen, damit die Zeit bis zur Abfahrt der Busse schneller vergeht. Sie singt ohne Worte, mit geschlossenem Mund, summt nur die Melodie. Sie hält Distanz zum Körper des Kindes, sie sieht es nicht an. Das Kind folgt ihr, weit hinten, weiß, daß es sich nicht nähern darf, weiß es und sieht sie an, weiß, daß sie sich nicht umdrehen wird. Es singt mangelhaft mit, setzt manchmal aus und an der richtigen Stelle wieder ein, daß es klingt, als sänge die Frau allein, es wandert mit dem Lied durch Synkopen und beklemmende Atemnot, die seine Stimme erstickt. Es sieht sie an. Sie wird sich nicht mehr umdrehen. Hat sie es ein für allemal erkannt? Ist es soweit? Oder wird sie es noch einmal ansehen? Ich weiß es nicht. Ich sehe Sie an. Auch Sie wissen es nicht. Ich habe Sie Ihrerseits eingeschlossen im schwarzen Zimmer. Habe Sie eingeschlossen im grenzenlosen Raum des Meers, mit dem Kind. Das ist vollbracht. Dieses Schwarz meiner geschlossenen Augen, diese Stiche ins Herz, diese endgültige Ähnlichkeit zwischen Ihnen beiden. Sie singe, damit die Zeit schneller vergeht, hat sie gesagt, damit die Zeit schneller vergeht bis zur Abfahrt der Busse. Das Kind beschleunigt seinen Schritt, erreicht sie, berührt ihre Hand, will sie ergreifen, doch die Hand bleibt kalt und tot, offen. Schließt sich nicht um die Hand des Kindes. Da blieb das Kind stehen. Schaute, wie sie weiterging, schaute zum Meer und folgte ihr dann, holte sie ein, bewahrte jedoch den von ihr gewünschten Abstand. Ich erinnere mich, wie sie eines Abends, es war zu Beginn des Sommers, das Kind gefragt hat: was liebst du am meisten? Es versuchte die Frage zu verstehen, versuchte es lange und sagte dann: ich weiß es nicht. Dann fragte es die junge Frau, wie es bei ihr sei, und sie erwiderte mit der Langsamkeit des Kindes: das gleiche wie du, das Meer. Sie wartete. Wußtest du das? Ja, gab es zu verstehen. Das war, nachdem sie zum erstenmal das Lied gesungen hatte. Ich kann Ihren Körper von dem des Kindes nicht mehr unterscheiden, ich weiß nichts mehr von den Unterschieden, die Sie beide verbinden und trennen, ich kenne nur Ihren gleichgerichteten Blick auf jene stets vage Linie, auf die Sie beide zustreben, in den Tod, vor der Rückkehr, der Vergewisserung. Ich weiß nichts mehr von den Unterschieden zwischen dem Äußeren des Kindes und seinem Innern, zwischen dem, was es umgibt und trägt, sowie dem, was es davon trennt, nur sein Herz, eingesperrt in diesen zarten warmen Leib, das kenn ich vielleicht, nur dies, diesen vorläufigen Unterschied, nichts anderes, bloß dieses leichte Schlagen, nicht aber die Unendlichkeit seiner Konsequenz. Ich weiß auch nichts mehr von den Unterschieden zwischen Danzig und Gott. Zwischen den Gräbern des Ostens im sowjetischen Todesland, den zerfetzten Gedichten, begraben in ukrainischer oder schlesischer Erde, dem tödlichen Schweigen Afghanistans und der unergründlichen Bosheit dieses Gottes. Nichts weiß ich. Auf Danzig hab ich meinen Mund gepreßt und dabei Sie umarmt. Nein, die junge Frau hat das Kind nicht mehr angeschaut, als existierte es nicht, als hätte es nie existiert, als würde es bestraft wegen seiner so großen Liebenswürdigkeit, die es verflucht sein läßt, als hätte es nie existiert, nie nie, als hätte nicht einmal die Idee seiner Existenz sie jemals gestreift, als existiertest du nicht. Das Kind zog seine Hand zurück, blieb stehen, verstand nicht, wer sie war, wie sie so hatte werden können. Und folgte ihr von neuem. Der Sommer war nun grau, die Sonne verschwunden. Die Tanker von Antifer bildeten noch immer eine Reihe auf der Achse von Le Havre; sie würden heute Nacht mit der Flut einlaufen und bleiben, verlassen von uns in der Agonie der letzten Tage. In den Augen des Kindes Bestürzung, weil sie nichts wahrnimmt, weil ihre Hand die seine nicht ergriffen, nicht umschlossen hat, als wäre da nichts. Nichts passiert mehr im schwarzen Zimmer. Alles würde möglich durch das Wiederauftauchen eines einzigen Wortes, das ich nicht schreiben kann, eines Wortes, welches der Intelligenz eine unbestimmte Nähe zur Verzweiflung zusprechen würde. Das Kind erkennt, daß es über seine Kräfte geht, dies zu verstehen, es betrachtet die junge Frau, erkennt, daß der Ausdruck der Liebe ihrer Macht entgegengesetzt sein kann, daß die Liebe imstande ist, sich zurückzuziehen und leidenschaftlicher schweigt als spricht. Da sind also das Meer und der Wind, der Regen und die mächtigen Wellen, das Brennen des Sands sowie diese taube hartherzige falsch singende Frau mit den kalten offenen Händen, ganz weiß vor Schmerz, die das Kind nicht verlassen will. Das Kind übernimmt nun die verstörte Gangart, die Heimtücke der jungen Frau, betrachtet ihre wandelnde Gestalt, die sich mit jedem Schritt aufrafft zum nächsten, als wär's der letzte, mit nachlassendem und jedesmal sich erneuerndem Elan. Das Kind erkennt, was es noch nicht verstehen kann, sieht, was es noch nicht sehen kann, und diese getrübte Hellsicht erfüllt seine Augen mit Tränen. Sie hat zu singen aufgehört und fragt es, ob sie ihm die Geschichte von David, dem Jungen auf der unbekannten Insel, erzählen soll. Sie hat sich nicht umgedreht. Das Kind erwidert, es wolle nicht. Sie sagt zu ihm: ich sag dir, wann du hochgehen mußt, der Bus gibt ein Zeichen. Sie sagt, singen könne sie schlecht, doch könne sie ihm ein bißchen aus dieser Geschichte erzählen, bevor es soweit sei, weißt du, der Geschichte von der Quelle und vom Hai. Das Kind sagt: wie du willst. Da erzählt sie, eines Tages sei der Hai gekommen und habe David gebeten, mit ihm durch die Ozeane zu ziehen, er wolle ihm eine große Prärie zeigen, die Seegrasprärie des Sargassomeeres, den tiefen Urwald von Bergungsgut und die Aale und den Hauch der Algen und das Meer, ganz schwer von den Algenmassen, diesen toten Punkt der Welt, wo es weder Wind noch Wellen gibt, bloß eine lange sanfte Dünung, auch keine Kälte nicht, und wo das Meer manchmal weiß wird von der Milch eines verwundeten Mutterwals, der sich zu sterben anschickt, und wir werden baden in der Milch und sie trinken und uns wälzen darin. Komm, David. Komm. Und der Hai weint und David versteht nicht, warum er so weint. Und alle Tiere der Insel scharen sich um David, umringen ihn und machen sich an ihre Abendtoilette, reiben sich an den Bäumen, lecken sich das Fell, glätten es, und lecken auch David, ihr Kind. Der Hai aber weint, während er an Land geht, um David zu stehlen, schnappt nach Luft und kehrt ins Meer zurück. Und David sagt zu ihm: da fängst du schon wieder an, kein Mensch wird klug aus dir, ich weiß nicht was tun. Und der Hai weint und jammert, er könne nichts dafür, und bittet den Himmel um Verzeihung und fällt in jenes unverständliche Idiom aus Krächzlauten, Schreien und Schluchzern. Die junge Frau bleibt stehen. Schon wird das Licht gelb, strahlend – die junge Frau bleibt abermals stehen – und überflutet das Meer und die Insel und das Fell der Tiere und die grauen Augen von David, und plötzlich erzittert die Luft von einem flüssigen Donner und langsam strömt die Quelle aus der Atlantischen Zisterne und ergießt sich ins Freie, immer noch blind und krank und weinend und wunderschön, sie seufzt und klagt und erkundigt sich, wer vor Schmerz so geschrien habe, das schicke sich nicht, man könne sich nicht mehr verständigen in den Zisternen des Ozeans. Da sagen alle Tiere wie aus einem Mund, das sei der Hai gewesen, der David habe verschlingen wollen. Und David versteht jetzt und hat Mitleid mit dem Hai. Auch die Quelle hat Mitleid und sämtliche Tiere, und der Hai selbst bemitleidet sich, und dann kommt der Abend, und über die Insel breitet sich eine ungeahnte Seligkeit aus und die Quelle – eingeschlossen in ihre Fluten, eingehüllt in ihre weiten Wasserröcke – tanzt, tanzt die langsame Trauer-Passacaglia des Winds dieser düsteren Nacht. Die junge Frau schweigt. Sagt: das Ende kenn ich nicht. Zwei Jahre habe es gedauert, sagt das Kind, so habe sie's erzählt. Richtig, zwei Jahre, sagt sie, sie erinnere sich. Dann fuhr ein Schiff vorbei und nahm David mit. Das Kind fragte, ob die Quelle gestorben sei. Die junge Frau sagte, die Quelle könne nicht sterben, sie sei, ohne es selbst zu wissen, unsterblich. So ist sie denn nicht tot? fragte das Kind noch einmal. Nein, sie wird nie tot sein, nie. Die junge Frau sagte: ich geh zu den Tennisplätzen, ich will schlafen. Sagte: du aber gehst über den Plankenweg zurück. Das Kind sah, daß sie am Rande des Todes war. Sie fiel in den Sand und blieb liegen, mit dem Gesicht nach unten. Das Kind steht da, ohne sich zu rühren, unbeweglich neben dem ausgestreckten Körper. Auf dem Hügel hält man noch immer Ausschau. Man sagt: das Kind entfernt sich nicht, sie liegt im Sand, es wird nicht weggehen, man muß es rufen. Ein Ruf ertönte vom Hügel. Das Kind schien ihn nicht zu hören. Jetzt kreist es um den ausgestreckten Körper, als wolle es zu ihm, sich neben ihn legen. Auch sie hat wohl nichts gehört. Ein zweiter Ruf erklingt, langgezogen und sehr sanft. Die junge Frau sagt: geh. Das Kind hält inne, blickt um sich auf die verlassenen Tennisplätze, die geschlossenen Villen, auf diesen ausgestreckten Körper ohne Stimme und Kraft. Sagt: noch nicht. Ein dritter Ruf, noch länger als die vorangegangenen, verlor sich über dem Meer. Sie sagte: geh. Das Kind sah noch einmal auf die große Wüste des Sommers. Geh. Es sagte nichts mehr, wartete noch eine Weile und tat dann, wie sie geheißen hatte, ging langsam über den Plankenweg Richtung Hügel. Den Blick gesenkt, ohne um sich zu schauen. Nichts passiert mehr im schwarzen Zimmer. Plötzlich dieses Schrumpfen der Zeit, diese Korridore aus Luft, diese unfühlbare Fremdheit, die durch den Sand, die Oberfläche des Meers, die steigende Flut dringt. Das Kind geht. Es kommt voran. Wir halten Distanz. Ich schließe die Augen. Sie schauen für mich. Sie sagen: das Kind ist schon beinah am Fuß des Hügels. Sie sagen: sie dreht sich nicht um. Ich frage Sie, ob Sie gehofft hatten, die beiden nie wiederzufinden – weder die Spur ihrer Schritte noch die ihrer Körper. Sie antworten nicht. Sie sagen: das Kind kommt voran. Sie sagen: es wird gleich verschwinden. Sie sagen: nun ist es soweit. Ich sage zu Ihnen, daß ich Sie liebe. Sie sagen: selbst wenn sie wollte, könnte sie es nicht mehr sehen. Sie sagen: das Kind hat den Hügel erklommen, hat die Busse erreicht. Mein Blick öffnet sich der Zimmerschwärze. Sie sind bei mir. Sie sagen: sie hat sich nicht abgewandt. Die Busse fuhren den Uferhang über der Mole hinab und weiter den Strand entlang. Die Flut steigt. Der Körper muß kurz nach Einbruch der Nacht vom Strand verschwunden sein. Es regnet.

edition suhrkamp. Neue Folge